回到詩

南方朔

【序】

看懂自己，看清世界

南方朔

詩是最古老的文類，也是最新穎的文類，因此儘管歷經過去，它仍然很有未來。而原因即在於詩是具有一種「立法者」的特性。

其一，詩乃是「語言的立法者」。從古代迄今，詩人總是站在人類經驗世界的前端，做著「文字鍊金師」的工作。他們必須創造語彙和敘述的文法，俾容納逐漸增加的經驗內容，將原本的不可說、不會說，變成可說與會說。語言和敘述世界的開展，詩人佔了第一功。今天，無論任何國家，人們的成語、熟語，甚至對於隱喻的使用及想像方式，以及觀察和反思的模型，有一大半都是詩人所創造的。

其二，詩也是「價值的立法者」。詩人存在於世界上，他們看、聽、想，努力的要把一切濃縮在最緊密的文字空間裡，俾建造出整件整體的秩序，於是，依憑於文字的禮節和教養，秩序的理性，感情的表達等與價值攸關和事物，遂都以詩爲演練場。在文明的奠基過程，上自君王女皇、王公諸侯，下到平民百姓，都莫不讀詩寫詩，而後來的智慧金句，勵志格言，以及對人生的反思，有許多也都脫胎於詩。詩在文明價値上的貢獻，沒有任何其他的文類可堪比擬。

其三，詩是「未來的立法者」。由於詩是文學上的前哨，它的尖兵角色，使得詩人對時代的變遷，感性與理性的走向，價值的瓶頸，格外具有見微知著的敏銳能力，可以在變化前就已預知。歷史上的文化藝術變化，泰半都從詩這個領域萌芽。

也正因爲詩的這種「立法者」特性，遂使得我對詩從未忘情，也從不吝惜將自己的讀詩心得拿來與好朋友分享。我認爲，在人們愈來愈忙碌的時代，詩這種高稠密度的文學表達形式，反而更應大力提倡，詩簡短但卻有極大的反省空間，最符合現代人的需要。只要我們讀到好詩，再三反芻體會，所得到的必將物超所值。當我們多讀一些詩，體會的能力變得更敏銳，想必連整個人的氣質與格調，也會有重新洗滌之效。

我讀詩，在讀詩裡鍛鍊自己，讓自己得到啓發。它已成了我閱讀最大的快樂來源。到現在爲止，我已出了三本讀詩筆記，也因此認識了許多愛詩的朋友。但無論如何，讀詩筆記只能算是開始，願大家能由此更上層樓，直接去親炙西方詩的原著，我相信那一定會有更大的收穫。

詩是立法者，透過詩，我們可更加看清自己，也更能看懂世界。詩在回應人們的時候，永遠不會讓人失望。因此，歸根結柢，讓我們一起來讀詩吧！

contents

1 回到詩的情感

2 回到詩的深刻

3 回到詩的聲音

contents

1 回到詩的情感

他似乎總是
要得到而卻不給予，他讓我
用了好長的時間來忘掉
又記起了我遺忘已久的一切。

——美國哲理女詩人列佛朵芙

再相見不如不見

世間男女，情海沉浮，能一世無波無折的少，而有風有浪的則多。在愛情這個到底是你欠我，還是我欠你的不圓滿遊戲裡，傷害與被傷害遂成了永恆上演的劇目。

因此，李商隱在〈錦瑟〉這首詩裡說出「只是當時已惘然」的心情，陸游在〈釵頭鳳〉這闋詞裡發出「錯錯錯，莫莫莫」的悲聲，無論他們的原意是悼亡或憶舊，但無疑的都注解了愛情裡「失去」這個課題裡人們的共同感受。「惘然」這兩個字用得極好，它是指一種讓人不知說甚麼才好的模糊狀態，一個百感交集的憂愁之海。

有「失去」，就會有舊情人在事過多年後的重新相見。那將會是一個甚麼樣的畫面？是長篇故事最後的那個句點，或是故事在斷斷續續後另一個新的開端？答案無人可以預知。但舊情人相見的那個瞬間，它有如電光火石的閃擊，是過去和現在的突兀碰撞，讓人心亂無措，則當可斷言。以前，浪漫主義大詩人拜倫爵士（Lord George G. Byron, 1788-1824）的情人叛離，他痛定思痛，想到將來如果相見，即愈發難受，因而在〈想當年我倆分開〉裡，遂如此寫道：

如果多年以後

我們又偶然的相見；
我將如何向你招呼？
只有含著淚，默默無言。

拜倫爵士的相見是不如不見。它讓人想到當代美國哲理女詩人列佛朵芙（Denise Levertov, 1923-1997）的這首〈一名女子見到舊情人〉：

他，我曾與其攜手奔跑
一路踢著沙沙樹葉走過櫟山道
在三十年之前。

又到了面前帶著焦慮的臉，蒼白
幾乎認不出，躊躇不安
顯得木訥。

已不再記得曾聽過的高談闊論
但心中仍想起他的笑容、自信
和在我肩上的哭泣

他似乎總是
要得到而卻不給予，他讓我
用了好長的時間來忘掉

又記起了我遺忘已久的一切。

列佛朵芙的這首詩，惘然但冷靜。三十年的間隔，生命的分叉已使得山不再是山，路也不再是路；既遺忘，但也記得，這兩者也已不再可能會合。這也就是說，過去就讓它過去，除了惘然，即無其他痕跡，也不再牽絆。

人生如行路，由邂逅而偕行最好，無緣偕行，若干年後再回頭，就會發現過去已是一片茫然，再相見也就不如不見，如此而已，如此而已。

一次禁忌之愛

僅只一次，我發誓，我不只是抽象的
愛上了某人的妻子，
我刻意維持著夫妻無知的感覺
縱使那女子回應了我的愛情，
縱使她離開丈夫並搭上
發自蒙特婁的班機前來與我相會，
我仍然不覺得有甚麼不道德，一切困擾
都已被刻意的掩飾；
縱使她到來而我們返回住處並上了
床，而後一直到第二天早上，
當她赤裸在房裡走動——我幾乎立刻
移開眼睛，我們都像青少年般害羞——
接下來的一天當我們散步，再次做愛

而後睡去，相交纏繞，
縱使，她入睡的手溫柔的在我胸上
她輕輕的呼吸也拂過我的臉頰，
儘管如此，但不必到另一天
來提醒，我也知道，而且是確知
那就是雖然相愛，她因某些原因她
終究必須返回丈夫身邊
雖然她曾嘗試，並將再嘗試以克服
自己，我卻不能繼續等待，
而那種完全無罪之感，那種確信
自己依然神聖美好的感覺，卻離我而去，
留下一種對自己厭煩的感受，一種
因爲質問自己到底是甚麼而起的噁心，
而儘管如此，當我送她到機場而她
走向登機廊道，
而後揮別，只是揮別，任何別人看到

將會以爲只是朋友的送行，
但縱或如此，我的自我仍認爲它完整
沒有甚麼不對，甚至仍自認純潔，
這乃是我現在再次自責的原因，不是
爲她的丈夫及其苦痛，他已承受下來，
也不是爲她的誘惑，而是邪惡的戰慄
我今天已能感受，而當時卻渾然無知。

上面這首詩〈倫理道德〉，乃是當代美國主要詩人，二〇〇〇年普立茲詩獎得主威廉斯（C. K. Williams, 1936-）所作。這首寫他年輕時與有夫之婦偷情的畸戀以及後來的自責，雖然看起來有點保守，但卻饒富深意。

當今的社會，各類「禁忌之愛」日增，比例可能高達三分之一到二分之一。「禁忌之愛」之所以是「禁忌」，乃是它觸犯了某些規範，因而能帶來一種特殊戰慄式的快樂，從而讓人的快樂邊界擴大。問題在於，「禁忌之愛」乃是不會有圓滿結局的愛，那種快樂所塞滿的空間，到了後來就會變成一片虛空，讓惘然、痛悔、罪惡感，或自我輕視等情愫在其中蔓延。而這首詩所寫的，就是事隔多年後他的感受，他把當時的快樂稱爲「邪惡的戰慄」（thrill of evil），雖然重了一點，但卻也離事實不遠。人類在追求愛情的快樂過程裡，愈來愈疏忽快樂的縱深，而傾向於擴大危險的邊界，日本人稱「禁忌之愛」爲「地獄之戀」，讓地獄火燒出快樂，這種觀念倒是可以與這首詩相互參照。

威廉斯乃是當今美國後中生代主要詩人，常住紐約和巴黎，他的詩以長句自由體見長，有極強的內省風格，尤其著重討論人們生命情境複雜性與詭譎性的問題。這首詩可以視爲他的代表作之一。

艾瑞絲的靈魂伴侶

艾瑞絲・梅鐸（Iris Murdoch, 1919-1999）乃是二十世紀英國國寶級的哲學家、小說家和詩人。在哲學上，英國Routledge出版公司的《二十世紀百大哲學家》裡，她列名其中，是五個女哲學家之一。在文學上，她一共寫了二十六本小說，曾獲卜克獎。此外，她也出了一本詩集，很能反映她一生遇合裡的某些重要段落。

無論多麼重要的人物都難免會有愛情。艾瑞絲一生有過多次愛情，但最重要的還是初戀。她一九三八年十一月在一場由大詩人史班德（Stephen Spender）開講的演講會上，被小她一歲的法蘭克・湯普遜（Frank Thompson）看到，稍後兩人在一次舞會上正式晤面談話。於是開始了她的初戀。而後法蘭克參加二次大戰，一九四四年被俘死亡。儘管他們兩人見面及通信的時間只有五年多，但毫無疑問的法蘭克才是她一生的最愛。她後來的許多小說裡，法蘭克的影像都呼之欲出。他是她一生的靈魂伴侶。

而說起法蘭克，他可非泛泛之輩，他高眺漂亮，淡髮藍眼，通九種語言，是天才型的詩人，也是個浪漫理想主義者。他的弟弟愛德華・湯普遜（Edward P. Thompson）即是英國主要的歷史學家和一九八〇年代歐洲和平運動的主要領袖，他的弟媳桃樂絲

（Dorothy）也是重要歷史學家。法蘭克如果不是英年早夭，其成就當不可限量。

根據法蘭克當時的記述，在那場演講會上，艾瑞絲坐在他的前面，手肘斜靠，人長得並不秀美，但卻極有韻致：

她暖綠色的衣服，像男子一樣的黃捲髮，輪廓斯文，給人一種和諧的愉悅感覺。這時候，我的孤獨之感油然而生，「爲甚麼我從未遇過像這樣的女孩？」後來我又在工黨俱樂部的社交舞會上看到她，與其說她是在跳舞，毋寧說她是和那些討人嫌的官僚們在擦地板。直到舞會過半，我才找到機會和她說話。

艾瑞絲和法蘭克認識時，兩人都是年輕的理想主義者，當二戰爆發，法蘭克即開始自願受訓，準備參戰。一九三九年七月，他在十九歲生日前夕，曾寫詩給艾瑞絲，其中有句曰：

設若有一天你在死者名單裡看到了我
你就已失去了一個朋友，半成年半男孩
但若時間放過了我，則我將讓自己
在勇敢，力量及和諧中成長
雖笨拙又饒舌，但在糾結的心靈裡
卻沸騰著眞理及光明的熱切理想

我可能力有未逮，但若命運夠仁慈
則將學著鍛鍊自己並奮鬥。

在前述詩句裡的前三行，誠可以說是「一語成讖」的預兆了法蘭克的結局。他不久後正式入伍輾轉在中東及歐洲各地作戰，並參加了西西里島登陸戰，而後又至巴爾幹半島，但不幸被俘，壯烈成仁。在戰爭期間他和艾瑞絲主要靠寫信聯繫，他曾翻譯普希金早期的短詩〈我曾愛過你〉送給艾瑞絲：

我曾愛過你以靜靜的絕望之情
羞澀和嫉妒以痛苦麻痺了我的神經
我曾愛過你，上帝賜我這樣的仰慕
如此眞實、如此溫柔，再度獻給你

法蘭克是艾瑞絲一生的眞愛，一九七七年她曾寫了一首長詩追念，其中有這樣的句子：

似乎我們的純眞
因此而失去，我們的年輕也被虛擲
在那清澈而無法原諒的時代氛圍裡
我們曾經歷過的戰爭餘波
反映出恐怖的閃動光芒

是烈日和風雨最可怕的混合
我們是否曾盼望戰爭？或者我們怕甚麼？
是初戀愈來愈淡的火焰
或學問中斷使我們
拼不出
有些熟悉的希臘動詞的不定過去式。
我們對心靈的失敗毫無所知
對罪惡與痛苦
這由刀斧所造成的結果覺得茫然
絕對的死亡多麼可怖
它背叛了情人與朋友
背叛了人們謎語般的自我
錯誤仍然是罪惡感
成爲兒童的焦慮

在這個詩段裡，她一方面悼念他們那被時代所背叛掉的愛情，同時也對昔日的戰爭和未來可能的戰爭仍感不安。這是深沉的茫然之感，當最愛的人在戰爭中失去，又怎能不茫然呢？

獨眼詩人說愛情

愛情有如踏出門——
外去探看天色

到底如何。千萬別
讓我出錯。如果你愛上了

她如何證明她
也同樣的愛，除非這事

能眞的發生，一種渺茫的機會
而你押注著

自己？但以物易物

過去就是印第安人生存的方式
這一切都宛然留著紀錄。

這首詩，名爲〈生意〉（The Business），談的卻是愛情。它言淺意深，以淡淡的嘲諷，揭露出愛情某一個並不浪漫但卻屬事實的面向。在愛情詩或所謂的「反愛情詩」裡，的確有著它的代表性。

而這首詩的作者，說起來就故事多了。他就是美國著名的「獨眼詩人」克里萊（Robert Creeley, 1926-2005）。主辦「美國書卷獎」的「哥倫布基金會」二〇〇〇年頒予「終生成就獎」，二〇〇一年他又獲「藍能終生成就獎」。他寫詩逾五十年，出詩集七十餘冊，是當代頂級詩人之一，也被認爲是「後現代詩人」的代表。

克里萊出身農家，五歲即失去左眼。他後來進哈佛，中途輟學從軍，去過印度和緬甸。當年他在哈佛唸書時即已開始寫詩，由於對詩有極強的反叛性，因而他後來被邀加入近代美國詩壇和詩史上著名的「黑山詩派」，並成爲主幹人物，編過《黑山評論》。他的詩多半有實驗性，與近代繪畫上的「極簡主義」（Minimalism）相互唱和——它們都以最少的線條、色彩或字句，意圖呈現藝術的某些本質。由於文字的簡約，當然也就造成他詩風的濃縮、冷峻，以及由此而形成的嘲諷。他在近著《恰好趕上》（*Just in Time*）這本新選集裡，開頭即是別人對他的訪談錄，在對話間他即自承「無信心的反諷」乃是自己的特色。

在這首〈生意〉裡，克里萊用以物易物來對比愛情這種生意的不確定與不牢靠，把人們對愛情的浪漫想像一筆勾除。愛情有如天氣，是無法對等的交換，也是難知結果的豪賭。這些想法可能很難讓癡情男女接受，但對已看過山、看過水的人，或許能夠體會山不是山，水不是水的道理。

日前，《讀者文摘》做過調查，有許多人都夢想著早上醒來，赫然發現自己原來還是單身。這當然是不可能的事，但就在這個不可能的妄想裡，不正顯示出人生愛情賭博裡許多人已輸掉這個賭局嗎？這時候讀〈生意〉，或許更能體會它裡面那種冷冽而讓人不舒服的智慧了。

當失去了親密關係

在這個一切都簡化、一切也都變得模糊的時代，甚麼是情，甚麼是愛，也都開始恍惚和不真切起來。有時候人們甚至還會懷疑，一生一世所圖的究竟是些甚麼？

因此，當代的哲學家們遂開始重新思考一個很古老，但同時也是最新潮的問題——那就是所謂的「親密關係」（Intimacy）。這是當代哲學裡很重要的新觀念。人的疏離、冷漠、抑鬱、沒有終極的自在之感，最根本的原因或許即在於「親密關係」的失去。沒有了「親密關係」，人們就會覺得世界冰冷，而自己只不過是個陌生人。縱使每個人都在人際關係上扮演著某種「功能」，但在「功能」之後呢？那就是彷彿永遠填補不滿的寂寥與空虛，而所有的問題也就在它的裡面發生。

最近，在美國當代主要詩人哈斯（Robert Hass, 1941-）的近著詩集《樹下的太陽》裡，讀到一首很有日本和歌風味的〈十四行〉，就非常精確而又無奈的點出了「親密關係」這個問題。詩曰：

一個男子在電話裡與前妻交談
他一直喜歡她的聲音注意聽

她語氣裡的每個起伏，彷彿
親密的會心，但卻不知道自己究竟
是要些甚麼，在這溫柔的謙卑裡。
他仔細端詳窗外那些裝飾樹
莢果裂開後的種子形狀
這些每個庭園都有的樹，除了園丁
無人知道它的名稱。莢果有四個子房
灰綠，有著微拱的形狀
每個子房有一對細黑的種子著床
一種希望幾何學，一種印度或波斯縮影
每個房間都住著佳偶或仙侶。而外邊
白茫茫，鵪候的獸、纏結的藤，和雨。

近代西方詩人，有許多受到唐詩及和歌影響，著重以精確冷靜的客觀描述來襯托出深層的意念或感情。這種作品像是一幅幅的畫面，一切盡在無言中。舉例而言，柳宗元的〈江雪〉，即堪稱這種描述的代表：

千山鳥飛絕，萬徑人蹤滅

孤舟蓑笠翁，獨釣寒江雪。

而哈斯的這首詩，不也是一幅寂寥空茫，無所依歸的畫面？一個男子在蒼茫蕭索的落雨時分，百無聊賴，看著莢果種子的配對，只能在電話裡前妻的聲音中得到遙遠的慰安。聲音是他最後的親密，由此其實也顯露出他的空虛是多麼的巨大。

因此，何謂「親密關係」？那一種人與人的共感共依，是人除了功能之外可以依恃的對象，是落寞時會呼喚的名字。古希臘把愛分爲三個字，男女性愛爲Eros，它追求歡愉；神聖之愛是Agape，它是一種捨身之愛；家人親友之愛是Caritas，它以體恤照顧爲主。這三者構成了愛的整體，而到了近代，其他兩者已逐漸消褪，愛已被簡化成了只剩Eros，愛變得模糊，「親密關係」則告失去，或許這才是關鍵吧！

為何有人在愛情裡輕生？

愛情，不論是純純的愛，或不倫之愛，也不論它是基於或財或色的理由，只要在愛情中，就會有愛情的喜樂。

只是，愛情固然有樂的部分，但翻臉分手，卻難免另成一種故事。尤其是不純的愛，那種分手的故事就更難看了。最近，一個演員因情因財所困而上吊，扯出一堆八卦，就是不純之愛分手的悲鬧劇。由這齣悲鬧八卦劇，就讓人想到十八世紀蘇格蘭大詩人彭斯（Robert Burns, 1759-1796）的詩句：

> 我的假愛偷走我的玫瑰
> 卻把刺留下讓我承受。

其實，有關愛情結束後的失望、憤恨、自責，甚至詛咒，一直是愛情詩裡的重要題材之一。莎士比亞早在《仲夏夜之夢》裡，就告誡過世人，愛情這種事，快樂不會太久，後患反而會更加長存：

> 愛情的短暫有如一個聲響
> 它逝去有如浮光掠影，或宛若一場夢

甚至更像暗夜天際的閃電
黑暗的大嘴會將它吞噬殆盡
很快的它底燦爛就翻轉成狼狽難堪。

而浪漫詩人雪萊（Perry B. Shelley, 1792-1822）在名詩〈當燈盞破碎〉裡，把愛情雙方那個弱者在愛情破滅後的下場，寫得非常不堪：

理智清醒的人會看你的笑話
如同冬季天空的陽光讓你無處可逃
你也像屋椽倒塌時鳥巢裡的鷹
裸露在人們的譏嘲裡
如同掉下被冷風吹襲。

而寫在愛情裡被傷害，寫得最慘的，或許要算英國詩人康瓦爾（Barry Cornwall, 1787-1874）了。他在〈一個母親的絕筆歌〉裡有這樣一段：

此世殘酷，此世虛僞
我們對手太多，我們朋友太少
無工作，無麵包，何處訴？
留在此又有何益處

飛逃吧，飛逃
從這殘酷的天空
逃往深中的深處，而後死亡。

康瓦爾的詩，寫的是女子在愛情裡被始亂終棄的悲慘命運。而前述的彭斯，在〈如果我有一個洞穴〉裡，則這樣寫男性的愛情受創：

如果我在遙遠空曠的海岸有個洞穴
這裡風聲呼嘯，浪花吼叫
我將在此哀哭自己的悲傷
我將在此重找失去的安詳
直到悲傷闔上我的雙眼
永遠也不要醒轉。

由上面所引的這些詩句，已證明了愛情的失敗，有著致命的傷害性。古往今來，許多愛情失敗的人，不分男女，有許多會選擇走上絕路，這絕非偶然。曾有學者指出過，在愛情關係裡有強者弱者之分，弱者的這一方會把自我完全投向強者那方，因而一旦愛情失去，弱者這一方就再也找不到自己，包括生命的意義也告失去，這或許就是他們尋短的形而上的原因吧！

揪心的纏綿舊愛

甚麼唇我曾經吻過，在何處，以及爲何
我已忘記；也忘了甚麼手臂
曾讓我枕著直到天明；但見今天細雨裡
都是記憶的幽魂，輕喃的敲擊著
窗玻璃，傾聽著回應
而我心裡激起陣陣沉哀
因爲那已不再且不復記得的舊愛
在午夜時分將帶著嗚咽重臨

如同冬天煢煢直立的孤樹
懵然不知小鳥已一隻接一隻離去
只是感覺到它的枝條比從前靜謐
我說不出甚麼愛來了而後又消逝

我只知道曾在我心裡歌唱過的夏季
只一會兒，它的聲音已告沉寂。

當愛情已成了惘然的過去，某些時候若它重新自記憶的墳塚裡被喚起，即難免百感交集。這是一種很特別的情愫，兼揉了傷感、愁緒、遺憾、自責等成分。這種詩，寫的人有很多，但要寫得好，卻也殊爲不易。

而這裡所引的〈甚麼唇我曾經吻過〉，即是這種類型裡的精品之作。儘管它在詞藻和譬喻上沒有甚麼突出的成分，但就在它中規中矩的表現裡，卻也把舊愛的隱痛做了非常纖細的展露。這種詩，男詩人不可能寫到如此火候。它是前代美國主要女詩人艾德娜・米蕾（Ednast. vincent Millay, 1892-1950）的傑出感傷小品之一。

米蕾乃是一九二〇年代美國著名的才女詩人。她們家的三姐妹個個皆有才女之稱，而最小的她才華最高。她未受正規成長教育，二十出頭上大學，二十五歲大學畢業，但這時她早已是頗受重視的成名女詩人，而後她進入紐約的格林威治文人區，除了當演員、寫詩、劇本，以及雜誌諷刺專欄維生外，也以「自由新女性」的角色出現，和當時許多著名文人都有過轟轟烈烈的戀愛。而在一九二三年即獲普立茲獎。她最被傳誦的名句是這四行：

我的蠟燭兩頭燒

它撐不過整個夜晚
但是啊，我的宿仇，我的友好
它燒出的光焰可眞燦爛。

不過，米蕾雖爲美才女，但卻心身俱弱，一九二三年嫁作商人婦，過了一段悠遊歲月，而後因爲精神問題而退隱鄉間。丈夫死後，她心身多病，最後鬱抑而終，僅活了五十八歲。

米蕾的詩，頗具古風，與當時的現代主義並不搭調。她著重詩的規格和韻腳。她並沒大作品，但卻有許多纖細深刻且有自白性質的精秀小品，這首〈甚麼唇我曾經吻過〉，即堪爲代表。當時遠離那愛情的生命夏天，由絢爛歸於平淡，在一個蕭瑟的雨天，惘然的舊愛又在心頭被勾起。我最喜歡「帶著嗚咽重臨」這樣的心情。當我年歲漸增，回首前塵往事和纏綿舊愛，那種揪心的感覺，不就是「帶著嗚咽重臨」嗎？

情人帶來的苦與樂

因爲要談的是我的情人，姑隱其名。
因爲他雖四十九歲，仍可發出車子上山
　不斷換檔的五種聲音
因爲有時他在辦公室地板上如此耍寶
因爲他也會難爲情當別人偷聽
因爲他也會模仿至少三種火車聲
因爲包括倫敦地鐵、蒸氣車和南方電車
因爲他支持一個足球俱樂部堅定不移
因爲他討厭另一隊，該隊球迷粗魯無文
因爲他認爲前者棒，後者很差勁
因爲在六個月前我無從也不想知道這些
而今這些已讓我著迷
因爲他有十種不同種類的表現。

首先，他表現得像很善良、正經而開明
其次，他參加許多餐會談生命與愛
　但從不說到足球
第三，他謹慎隱藏多麼不喜歡輸掉爭論
第四，提到過去女友時他承認自己有錯
第五，他太合理因而讓人更加懷疑
第六，他連續遲歸說是去自飲自酌
第七，他自飲自酌喝掉的是酒兩瓶
第八，有一晚他沒有回來
第九，你已無法再等著看到他
第十，他會失去聯絡好多天
因爲他達到一個目標後即轉往其他興趣
因爲他說不願錯過晚上的進修課程
　或和一個女子的合唱
因爲他幾乎總是要出門
因爲你甚至得不到他的電話

因爲他是那種幾代以來盯著女人的男子
因爲，非常悲哀，這種想法你拒絕相信
因爲他眞的很迷人
因爲他對動物與兒童很好
因爲他的聲音厚實堅定而且性感
因爲他開的是一款名車
因爲他在車道上的速度每小時八十哩
因爲當要他慢些他說「我不會慢過這速度」
因爲他深信比任何人更知道該怎麼開
因爲他不喜歡乘車人的建議
因爲他的不知所措可會造成大麻煩。
因爲有時候他會讓我在自己床上睡錯邊
因爲他不能被掌控
因爲他知禮，他喜歡吃幼魚，外帶中菜
或自煮的晚餐
因爲他知道我的烹調法，學得很逼眞

因爲他爲我做美味的可可並帶著泡沫
因爲他抽菸飲酒和我一樣多
因爲他對性非常著迷
因爲他永不會說已經太多
因爲他在驕縱社會形成前成長
　並記得他的青少年期
因爲他不堅持這才健康自然
　也不要求我對他提出需索
因爲他有一些自己的想法
因爲他永不能和我共眠講話到太晚
因爲緊張我們的愛情漸漸耗損折舊
因爲他讓我覺得像是關不掉的電燈泡
因爲他總是用詩接著詩來找靈感
因爲他清爽時髦卻不關心外表
因爲他把頭髮剪太短像服刑兩週的囚犯
因爲當我問他某項鍊好不好，他回答是

「當然好，如果沒有三個人戴著比較。」
因爲他很震驚當球友在更衣室用滑石粉
因爲他那老式的男子氣概讓我一直高興
因爲這些一直迷惑著我

因爲這首〈我的情人〉非常有趣，儘管它長了一點，在這裡仍勉強譯出，這首詩用詼諧的語調談愛情的快樂與苦澀，很讓人油然生感。

本詩作者爲英國著名女詩人溫迪・柯普（Wendy Coge 1945-）。她除了諷刺詩外，也寫諷刺故事，成一家之言。在這首詩裡，她以情人在生活裡的各種表現爲例，講情人有趣的一面，但也把情人花心、虛假、專擅、令她痛苦的一面加以列舉。這就是愛情生活，也值得所有情人男子反省。

愛情的「洋蔥想像」

沒有紅玫瑰或緞帶編的雞心

我給妳一顆洋蔥
像是月亮包在一層黃紙裡
它許諾，會給妳光明
就像把愛情小心剝開會有幸福一樣

在此
它讓淚水使妳眼盲
如同是個情人
使妳的回憶
成爲一幀泛動著悲哀的照片

我只是要表達得很誠實

不送妳歡心的卡片或香吻電報

我給妳一顆洋蔥

它那猛烈的親吻滋味將留在妳的唇上

佔有和忠實

如同我們倆

那樣的久長

收下它吧

它那金灰色的圓切片縮成了婚戒

但願妳喜歡。

致命的

它的氣味將附著在妳的手指上

也在妳的刀上。

這首〈情人〉乃是當代英國主要女性詩人杜菲（Carol Ann Duffy, 1955-）的招牌詩，具有典型女性主義的特色。她用洋蔥來比喻情人與夫婦關係，實在異想天開，但也生動有趣。

英國在一九六〇年以前，並無嚴格的「女性詩人」，而只有「女詩人」。過去「女詩人」裡最有「女性詩人」特性的，乃是史黛葳・史密絲（Stevie Smith, 1902-1971）因而有學者認爲，她乃是「女性詩人」的啓蒙者。她於一九七一年逝世後，女性詩人崛起，多半都受到她的啓蒙，而在當代「女性詩人」裡，杜菲則無疑的是佼佼者。

杜菲最擅長的，乃是將女性的經驗藉著新的比喻而呈現，從而推翻掉人們業已習慣了的語言及思考方式。這首〈情人〉，把愛情比喻成洋蔥。

洋蔥切開後的洋蔥圈則比喻成婚戒。洋蔥愈剝，愈讓人眼淚橫流；就像是愛情愈深入，愈讓人悲哀無奈，她藉著這些新比喻，其實已創造出了一種新的愛情想像，它和舊的羅曼史愛情想像可謂完全不同，而這對女性其實是非常有益的！

老情人終成眷屬

「有情人終成眷屬」容易，「老情人終成眷屬」則難，它必須經過許多滄桑情路，始能在半百之後，得遂所願。

而今二〇〇五年情人節前夕，英國查爾斯王儲在二月十日，即農曆年初二宣布，將於四月八日迎娶女友卡蜜拉，可算老情人終成眷屬的特例。因爲他們都已不再年輕，男的五十六歲，女的則五十七歲，他們不是老情人，又是甚麼？

人們評斷事物，經常會因相貌而出現偏見，對英國王室，以前的戴安娜王妃，即因她的美貌而得到過多的偏愛，她和查爾斯王儲的婚姻極其失敗，人們卻比較傾向於指責拘謹貌拙的查爾斯王儲和實在一點也不漂亮的卡蜜拉，而對她所做的一切則輕輕帶過。長得漂亮還眞是有用。

其實，如果不以美醜論英雄，查爾斯王儲和卡蜜拉這對老情人的故事，亦有其可歌可泣的一面。查爾斯在母親伊莉莎白二世強勢操控下，性格笨拙內向，閒暇也只能搞搞園藝和生態。他會愛上大一歲，又離過婚的卡蜜拉，一定有他非常私密的理由。只是卡蜜拉也長得一付不討好的平凡面孔，加上離過婚，這太不符合王室及英國人民對后妃的期望和想像，因而他們的愛情當然不被英女王接受，最後查爾斯王儲娶的是戴安娜王妃，兩人相貌和性格有著極大的差距，這或許才是兩人婚姻失敗的主因。婚後查爾斯王儲仍和卡蜜拉來往，而戴安娜王妃也同樣婚姻出軌，最後兩人在一九九六年仳離，九七年她和男友在巴黎因車禍而死亡。

戴安娜王妃之逝，當年九月六日喪禮那一天，英國桂冠詩人莫遜（Andrew Motion）以〈神話〉爲題，發表悼詩，詩曰：

地軸嘎嘎滾動，年歲顛簸向前
群樹落下它的枯葉，和鏽斑的碎片
黑暗已取代白晝，這並非它們所願
而是，而是不得不然。

而妳呢？妳人生底得失已不歸妳保管
在河邊，它從底下轉了彎
妳的未來緊跟著妳，咬著妳的腳後邊
戴安娜逝矣，但被自己的生命之犬追纏。

這首悼亡詩，說的是戴安娜之喪在九月，時當秋殘，歲月遞嬗有它無可奈何的一面。而戴安娜的人生亦然。她嫁進皇室，有如生命轉了彎，從此變成神話人物，被自己的未來所掌握，再也無法屬於自己。人們對理想王妃的想像，拘謹內向的丈夫，兩人相互的背叛，使她成了不快樂的皇室神話傳奇。戴安娜神話不但追纏著她自己，也追纏著和她有關的每個皇室中人。這也是查爾斯王儲和卡蜜拉過去被人指責的原因。

而今戴安娜王妃逝世已七年多，她車禍死世當時，固然將戴安娜神話帶到了最高點，但隨著時間的過去，以及她私生活的持續被曝光，她的神話已漸漸解體，人們對查爾斯王儲和卡蜜拉的指責也同步減少，去年英國民調，反對這對老情人結婚的已比贊成的少，這對老情人得償所願的時間已趨成熟。王儲趕在情人節前夕公布婚訊，不無「老情人終成眷屬」的含意。只是民意一向如流水，去年民調以假設的方式詢問，贊成王儲再婚的較多，而今婚訊正式公布，難免又勾起人們的新仇舊恨，於是反對的又多過贊成的。可以想像到，當人們的心情經過調適而變得更平常心，反對的當會減少。

查爾斯王儲一向拘謹呆板內向，由於母親長壽，迄今已七十九歲，女王也當了五十二年，因而他到了五十六歲，還是備位王儲，由英國皇室歷史，這種備位太久的老王儲，多半都會陰陽怪氣，查爾斯亦不能免，至於卡蜜拉，則相貌平庸，性格也同樣拘謹內內，毫無王妃或未來當皇后的氣勢，加上她離過婚，不符人們對皇后的期待和想像，因此已有人認爲，查爾斯王儲再婚，已等於和王位絕緣。苟若如此，這對老情人終成眷屬，簡直可說是愛德華三世「不愛江山愛愛情」的另一個版本了。

但人無論美醜，都有追求愛情的權利。這對老情人在望六之年，經過許多轉折，終於成就了姻緣，他們儘管都不漂亮英俊，但用平常心來看，豈不同樣值得祝福嗎？

女詩人寫男人身體

詩人的題材形形色色，但女詩人寫男人身體的，卻似乎從未曾見。在加州大學戴維斯分校任教的珊德拉・麥克佛遜（Sandra Mcpherson）寫的這首〈他的身體〉，可算異數。詩曰：

他不喜歡它。當然——
別人一樣。他們並非披著它而只是看。
他蒼白，如同一個大沙漠，卻也有花。
不，也不全然蒼白；
在脛踝之間有一對突出如太陽的關節。
不論他的襯衫何在（如今掛在椅背上）
他那黑黑的手就成了對比。
而頸到臉花花一片
就像雨後積水而被車子濺過一樣。
千萬別照他的啤酒肚。

他是平滑的動物，而不平滑處則柔軟
一直下到他蟾蜍皮似的睪丸。
他趴躺在乾淨的床單上
房內只有一盞小燈
你的手撫過他的背、腰，再到
臀部和再下；其平滑
有如藍調金屬音樂盒改裝的粉罐。
其他部分冒著亂長的毛髮
他的頰鬚像在一個個散兵坑洞裡一樣
奮力的想要冒出來。
他的身體有秩序嗎？
但年齡終究
被深鎖在其中。
我不是個醫師
很高興不必從醫師的角度來看。
我慶幸自己個子並不小

才不會被這個反身體的龐大景象壓倒。
而我不像任何別人那樣端詳他的身體——
我有理由喜歡它比其他身體多一點，
有些人則會歌頌
這孤單塵世的身體，視爲神聖無比。

這首詩大體上還算平實，但在有些地方則無疑的有些故意消遣，例如說男人的手黑，臉像汽車濺過積水路面一樣醜怪，至於用蟾蜍皮來形容睪丸，更讓人滑稽的會心而笑。凡此種種都值得男子們注意——原來男人的身體在女人眼中竟然如此不堪。

珊德拉．麥克佛遜指出，在過去數百年裡，由於男女不對等，基本上都是男詩人寫女體，男畫家畫女體的局面，這早已成了傳統，男人多半用泛性的眼睛看女體，有的則將女體的譬喻寫成各種自以爲幽默的打油詩。這是對女體的不公平。而到了現在，應該是女詩人、女畫家也可以描述男體的時候了。只有當男人也理解到他們的身體原來也會被女人「看」與「寫」，才有助於男人自身的醒覺。而她認爲，男人的身體雖然也是上天的恩賜，但卻無疑的有許多滑稽、好笑、喜劇的成分，她的詩裡所想表達的，就是這些。因此，男人們讀了這首詩，不知會有甚麼樣的感覺。

〈蓬門佳人〉嘆

有甚麼樣的痛惜
大過讓美女生活在幽居的狀態？
美麗若不被看見又有何意義？
而若縱被看見又如何，如未被膜拜
以及被膜拜，但少了被飢渴追求之愛
　從未有過玫瑰美靨　琥珀秀髮
　可容許活在囚禁的斗室裡爲家。

大自然創造美是爲了被看見
如同火之於熱，日之於光
美麗佳人的確擁有這樣的特權
它是古代的慣例，活在矚目的焦點上
被排除在外者，即只好孤芳自賞

而這也是朋友輩規勸我們無效之因
美女所在之地一定尋芳者流連成群

試看泰晤士河兩側的繁華街道
那令人驚奇的豔麗女子絡繹來往
裝扮得何等美麗的珍稀女子在此招搖
垂涎者又怎能不熙熙攘攘？
已無法將她們留住，那些偏僻的村莊
這裡是最美的眾芳所聚
除了戴麗亞，妝點著倫敦西區

在此地好奇者以品頭論足的雙眼
期盼著佳人華麗的盛裝
在這裡我們全部的繁華聚集畢現
我們活在此，它是我們的讚美與期望
啊，看著自己被人稱羨是多麼得意洋洋

就這樣我們鄙吝昔日找到的所愛
我們希望被新愛所愛，卻輕蔑舊愛

而今面對上蒼，我寧願腳步
從未離開安穩的村莊，靜謐的田園
由於被深愛是種危險的賭注
追求至極的虛榮繁華亦然
我將獲快樂，若過去得到神意垂憐
如果我遺憾的未曾迷惑
而是在家鄉與快樂的姑娘生活

她無邪純眞所想的
沒有狡猾的欺騙，有如謙恭的善人
她用眞理裝扮，眞理是條河
她飲之以杯，也據以幫助眾生
她眞誠的愛，也永遠贏得別人的心

她活得寧靜安詳，停止呼吸時一樣
眞實的生命，她從不憂慮死亡

如果我從未被登錄
在不幸的黑名冊裡
我的名字也未和那些迷途女子在一處
它帶來了歡樂卻代價巨大無比
以自己不快樂的命運，我並未講習
這種教訓，我得到它卻犧牲極大
它最害人但卻也最取悅感官啊！

上面這首略長的〈蓬門佳人〉，乃是十六和十七世紀之交英國主要詩人丹尼爾（Samuel Daniel, 1562-1619）所作，它被收在大詩人龐德（Erza Paund, 1885-1972）所編的《詩選》裡。它寫一個鄉村青年追求倫敦的繁華豔麗而拋棄所愛，而後他歷經興衰起落，以詩懺情，而他昔日所愛的蓬門佳人，則一世善良到老，這首詩和杜甫的「絕代有佳人，幽居在空谷」相比，有著另一層不同的意境。我們有許多詩人都寫過蓬門美女，都對她們抱屈，而丹尼爾的這首詩，在寫戴麗亞時，卻指出蓬門幽居，儘管寂寞，但也可以有善良一世的人生。這首詩以它的故事，推翻了詩裡所說的「大自然創造美麗是要被看見」。在這個人人都想美麗，也爭著要出名，要被看見的時代，這首詩或不無反省的意義吧！

當男子腳踏兩頭船

加拿大女詩人暨小說家瑪格麗特・愛特伍（Margaret Atwood, 1939-）最近剛得到英國小說的卜克獎，緊接著，她的第十七本小說《歐伊克絲和克雷克》（*Oryx and Crake*）又出版。這是本討論病毒毀滅世界的寓言式作品，由於它剛好趕上SARS蔓延時，遂格外受人注意，並立即搶進了美加暢銷小說十大排名榜。

愛特伍以小說名世，其實則是以詩人起家，早在一九六一年她大學畢業的時候，即出版了第一本詩集，到了今天，她所出的詩集已近二十本，與小說創作不相上下。而她無論詩或小說，都有很強的女性主義色彩。在探討性別問題時經常極有洞見。在此姑且介紹她的名作〈蘆筍〉爲證：

這個下午一名男子斜倚著
有硬麵包和奶油捲
的桌面，向我傾訴一切：有兩個女子
都愛他，他也都愛她們，不知
該怎麼辦？

而陽光
如篩穿過那隱隱約約的
褐色城市空氣。我覺得
彷彿要病了，皮膚先發紅
長水泡或長癌。我吃著
蘆筍用手指捏著，而他
則投入的加油添醋描述。
他說得筋疲力竭，勞累不堪
被他自己的狂亂，而
嘴鬚上則沾滿麵包屑。

我不知道是否
該讓自己的頭髮灰白些
俾讓建議顯得更有分量
我可以眨著眼皮，看起來

較聰明，或帶隻寵物蜥蜴像心靈巫師
你並沒有瘋癲，我告訴他
其他人也這樣，我也如此這般
亂糟糟的愛情勝過沒有
我如此以爲，我不是權威
對理智清楚的人生問題。

這都是事實
但卻無所助益，因爲
這種型態的愛如同
分娩時的痛苦，因爲如此強烈
過後即使難再記得，也會忘記
甚麼樣的笑柄和愁眉苦臉
它曾帶來給你

小蝦子以蝦串的方式被送過來

中庭的樹木上顯露出
它黃顏色的飛蛾幼蟲
花粉則落在我們肩上。
他兩個女人都要，他說著
苦悶的故事，這時咖啡
被端來，我愕然
他的愚蠢白癡。

我坐著端詳他
以一種疑惑的眼神
這是對他嫉妒嗎？
聽著，我告訴他
閣下實在眞好命。

愛特伍的這首敘事詩，用很有電影短片的方式，講一個想要在愛情上魚與熊掌兼得的男人故事。當那個人在咖啡餐廳向她講這些，她則用非常嘲諷的態度看待此事。由這首幽默的諷刺詩，愛特伍的詩藝已可概見。

女同志的深情之愛

因爲我們不再年輕，彼此的思戀
必須把星期當成是年。但正因如此
奇怪的對待時間始讓我們知道青春不再。
我是否曾走過早晨的街道在二十歲
四肢都流漾著純然的歡愉？
是否我曾斜靠這城市的高窗
傾聽著未來
如同此刻緊張的聽著你打來的電話鈴響？
而你　你也用同樣的時間節奏走來。
你的眼是永恆，閃著綠芒
如初夏的碧草
也像被清泉漂過的墨綠野水堇。
在二十歲，是啊，我們以爲能永遠一生

而今已四十五了　我想知道我們的侷限。
我在撫摸你時知道此情並非昨日才生
我們彼此總該幫著對方活
到了某時某刻，也該幫助對方死。

這首詩，出自當代美國主要女詩人瑞姬（Adrienne Rich, 1929-）〈二十一首情詩〉裡的第三首。其深情款款，纏綿溫柔，把中年之情寫到了極致。

而說起這首詩，就必須說到瑞姬這個人。她在二十世紀全球詩壇，尤其是女性主義，甚至女同志主義裡，都有著教母級的崇高地位。因此，她這〈二十一首情詩〉，到底是異性戀情詩，或同性戀情詩，實在值得揣摩。但由它的第二首，卻可看出它同性戀情詩的成分較大。該詩曰：

從你的床間醒來，我知道作了夢
更早，鬧鐘把你吵醒起身
你到桌前已好久。而我知道夢見甚麼：
我們的詩人朋友進入房中
在這裡我已寫作多日
草稿、複寫紙、詩作四處散亂

而我很想讓她成爲其中的一首
那是我一生的詩。但我猶豫著
並醒來，因你吻著我的頭髮
把我叫起。我夢見你就是那首詩
我說，這首詩我想讓每個人都看……
而後我笑了並再度進入夢中
夢著渴望把你讓每個我愛的人都知道
讓我們公開同進共出
在莊重的拉力下，這卻不簡單
就像飄舞的草要好久好久
才會在上升的氣流裡落定。

由這第二首所寫的不容易把情人在朋友中公開，我們可以想見這〈二十一首情詩〉所曖昧表達的，大概以女同性戀之愛的可能性較大，但不論異性戀或同性戀，這些情詩都極可觀，因此，我們倒不妨把異性同性的問題拋開，單純的去讀第三首的中年之愛，當可體會到它那種「與子偕老」的深情確實動人。

男同性戀詩

白先勇的《孽子》被拍成連續劇，同時也舉辦了一場《孽子》的研討會，這乃是當前文壇的大事。

由《孽子》這本相當經典性的同性戀作品，就讓人想起了西方近代文學裡許多男同性戀詩人，那是個龐大的群落，他們留下的作品裡，把男同性戀的受到壓抑，他們之間愛情的渴望、痛苦、溫柔與暴烈等，都做了完整的顯露，很可以與《孽子》相互參證。

例如：近代英國重要的學者抒情詩人豪士曼（A. E. Housman, 1859-1936），他是著名的劍橋古典學教授，一生都活得非常低調和自我壓抑，刻意掩飾自己的男同性戀身分，有這樣的詩句：

如果你走到這條路，危險
或罪惡感、苦惱或羞恥感亦隨之，
請善待那眞正愛你
並全心全意願爲你而犧牲的人，
他有呼喚，我就會到他身邊。

由於同性戀在壓抑下有著極大的張力關係，因而在一九三〇年代美國「哈林區文藝復興運動」中，扮演重要角色的短命詩人庫能（Countee Cullen, 1903-1946）遂寫出〈給年輕人的忠言〉這樣的詩作；

因爲沒有多少時間被給予
讓人享有痛苦或歡愉的驕傲；
因爲面對恐懼熱情很快就冷去
我們的豐沛感情也將如泥塊冷硬枯槁。
設若親吻的唇自在的相遇成雙
小夥子們，請別驕傲或害羞；
那唇不會被人遺忘
也沒有不喜歡的結果存留。

由上面的這些詩句，可以看出由於同性戀有著壓抑和憂懼的張力成分，因而那種要愛就趁早，要愛就要眞的渴望遂格外濃烈。例如：西班牙大詩人洛卡（Federico Garcia Lorca, 1898-1936）在一首〈玫瑰花環十四行詩〉裡，即如此露骨的寫道：

珍嘗我傷口的清新景色
它打開如細緻的小溪和蘆叢

快快，讓我們相互纏繞
用愛擠壓著嘴而心靈相撕咬
時間將發現已被我們浪費了。

而當然，對少男的迷戀，也必不可免的成了主要題材，美國詩人考爾德（Noel Coward, 1899-1973）所寫的〈我爲那少男瘋狂〉，就讓人立刻想到文豪湯瑪斯・曼（Thomas Mann, 1875-1955）的《威尼斯之死》的場景。在這首略長的詩裡，他敘述邂逅到一名少男同性戀，即沒來由的爲之瘋狂。詩中有句曰：

但願能施展
小小的魔法並最後摧毀
那讓我痛苦
但又如蠱般吸引我的這個夢境
但我不能因爲我已爲他瘋狂。

這樣的詩句可謂已極癲狂，但若與義大利名導演兼詩人派索里尼（Pier Paolo Pasolini, 1922-1975）這個詩句相比，則顯然已遜色了許多——派索里尼與一少年男妓愛慾糾纏，最後被對方刺死，了結了他天才、狂亂的同性戀人生！

他已給盡能給的全部，剩下的
只有涸乾掉的熱情。

同性戀有著在壓抑中使得情和慾都被這種張力關係拉扯，因而擴大化和極端化的傾向，於是美國著名詩人蘇亦勒（James Schuyler, 1923-1991）遂有這種祝願式的詩句，這大概也是所有同性戀者共同的心聲：

我確然相信
未來的世代可以
活著而不必在
激情發作起伏
的焦慮恐懼間隔裡。

失去不是甚麼慘劇

失去的藝術並不難駕馭
有太多事都有失去的意義
它們的失去並非甚麼大不了的慘劇

每天都在失去某些東西，習慣於
失去鑰匙的狼狽，好幾小時因而被丟棄
失去的藝術並不難駕馭

而後讓我們練習更多更快的失去
許多地方，名字，以及旅行所經之地
沒有甚麼會帶來慘劇。

我失去母親的手錶，啊那可是最後一只

或最後第二，以及三個可愛住處的記憶
失去的藝術並不難駕馭

我失去三個可愛的城市，還大量失去
許多曾擁有的，兩條河流，一個大地
我思戀這些，但它並非甚麼可怕的結局

縱使失去了你（那些說笑的話語
以及我喜歡的手勢），我不應自欺
它證明失去的藝術實在不難駕馭
儘管它確像（當寫下來）是個慘劇。

這首〈一種藝術〉出自美國近代主要女詩人畢夏普（Elizabeth Bishop, 1911-1979）的手筆，也是她的名詩之一，它寫人生對於失去的感受，以反語的方式來故意表現豁達，卻難掩眞正的惘然傷痛之感，但也正因此，遂使得這首詩格外的有無窮的韻味。

畢夏普乃是近代美國頂級女詩人之一。當她八個月大時，父親即逝而母親則進了精神病院，輾轉被外祖父母及叔伯養大。奇特的悲傷人生，使她在學成後即終生流浪遷移，她住過法國、墨西哥，在巴西則有十六年之久。一九七〇年應哈佛之邀任教，才搬回美國。她也是女同志的先驅人物。

畢夏普的詩寫得樸素、深沉、精確，在自我抑制裡反倒襯托出一定程度的神祕意涵，在二十世紀詩壇有著極高的評價。由於她自己的一生都在失去，失去了父母，在輾轉的寄養過程裡又不斷的繼續失去，加上後來的飄蕩，失去可以說已成了她的生命主軸。這時候，她刻意以不在乎的態度來說失去，反而讓人更能體會出她那種哀傷、無奈、認命、堅強等情緒混合而成的奇特心情。這首寫給她情人的詩裡，那種不在乎裡的在乎，故做豁達下的不能忘懷，宛然在紙上畢現。我們甚至可以說，她的一生飄蕩，這種生命的選擇，或許乃是她面對生命悲傷的一種修行，而她的作品就是修行的結晶。

由畢夏普的人生及作品，這時候，我們普通人在生命裡的許多「失去」，可謂已無法比擬，也正因此，當脆弱的我輩在爲「失去」而苦時，倒不妨去體會畢夏普那種更尖銳的考驗吧！

向百歲人瑞詩人致意

被美國詩壇認爲是「仍然活著的最好詩人」柯尼茲（Stanley Kunitz）二〇〇五年已一百歲，這種「人瑞詩人」眞是古今罕見。從六月到八月，美國爲他舉辦許多慶賀活動。在他九十五歲出《詩全集》時，我曾談過他的作品，而今時間一晃，五年已過。

柯尼茲在美國詩人裡，除了年歲最長，寫詩超過七十年，大概也是到了九十五歲還能和出版商一簽就三本出版合約的詩人了。他曾長期在哥倫比亞大學任教，也兩度出任美國桂冠詩人。他除了寫詩外，也擅園藝，自己有個很棒的花園。他的詩風重情，淡中有韻，在美國有極高的評價和不少讀者。一個詩人所能享有的榮譽，包括膺任桂冠詩人、被常春藤名校聘爲教授、獲得普立茲獎、國家書卷獎、國家評論獎、國家文藝獎章，一項都不缺，加上讀者眾多，他這一生可眞不寂寞。

爲了讓我們也知道這位「人瑞詩人」，在此特地選介他的兩首晚期名詩。一是〈請撫摸我〉；另一則是〈長舟〉。

〈請撫摸我〉全詩如下：

夏日已遲，我的心肝。

這些話平空裡迸了出來
隔著差不多四十年的時空
四十年，那時我爲愛而狂
一個人彷彿分成了兩半
散亂如今夜的落葉
風聲和雨聲颯然。
而今我心已遲
我歌已遠
整個下午的户外
被暗灰天色籠罩
像打樁般把我的花園圈住
我跪下匍匐向著蟋蟀的鳴聲
它在腳邊彷彿要從
那硬翅殼裡迸出來
我再次像小孩一樣
驚奇的聽著如此清晰

如此華美的音樂傾瀉而出
從那麼小的身體機器裡
這究竟是甚麼原由？
慾望　慾望　慾望
對舞蹈的渴望
在這已被埋葬的生命裡鼓譟
它雖只一季，但卻已盡情發抒
因此讓這拂動的老柳樹
刷刷掠過窗櫺
以及嘎嘎響動的木板牆壁
親愛的，妳是否記得
妳曾嫁給的這個人？請撫摸我
讓我記起自己是誰。

這首〈請撫摸我〉寫他在垂暮之年對舊日愛慾的緬懷，整首詩美麗如畫，時間的切換與對比鮮明，而那種生之慾望卻如枯木般拒絕止息，這首詩會普遍被認爲是近代傑出作品，不是沒道理的。

而〈長舟〉則全詩如下：

當他的舟啪的一聲鬆開
從繫舟之處，而天空
一片海鷗的啁啾
他最先試著揮手
向岸邊的親人
但濃霧翻滾
他們的面孔已不復再見。
而這實在太累了，當他
在舟上又跳又叫
而忽然間，他覺得釋然不再牽絆
被他的負擔，他姓氏下的
那些勵志名言
他的良知、野心、以及所有
他掛慮的事情。
他滿意的躺下

和家族的那些魂靈
在這提籃般的船的底水漬裡
被風雨錘打
不停的漂蕩
靜寂！靜寂！
被這無限的宇宙搖晃！
彷彿他已不再介意
什麼才是回去的方向；
也彷彿他已忘了
他曾如此熱愛這個世界
希望能永遠在世上停留。

這首詩也是他晚期的代表作，在一次不小心裡，他的小舟漂了出去，而他也頓悟到天地悠悠，人生海海的道理。他到了垂暮之年，仍能對生命境界不斷探索，這位百歲人瑞詩人，可眞不虛度啊！

2 回到詩的深刻

她已離去
這些淚水已
照亮我的雙眼，兩盞燭火
在這愛的最幽深之處。

——喀什米爾詩人艾格哈·薩希·阿里

垃圾桶和堆肥間的媽媽

媽媽，在垃圾桶和堆肥之間
我察覺到自己人性的尺碼，一種誘騙
有如上帝在場所爲，我如此確然

在垃圾桶，在堆肥，在玩耍的小貓裡
上帝存在於此：以一種明確的魔力
祂推動著這些，媽媽，你是否也同意？

我也在緊握住的掃把裡察覺到
上帝的存在，也在房內各種舊物周遭
但所有的這些皆有如古墓般的寂寥

啊，這種給我們捎來心安的想法

不過是一種虛空，至於它的背後嘛——
不過是不滿心靈的徒勞和浮華

而這樣的心不會死　這種想法會反彈
從幻想的腦袋及痛苦的探究裡出現
男人在表達時可真是最虛浮的笨蛋

啊媽媽，我將一如往常的繼續去思想
並相信聰明的你也會一樣
但你可會質疑上帝創造蠢男人這種謊？
而你又將如何面對這樣的情況？

這首〈媽媽，在垃圾桶間〉，出自當代英國主要女詩人史黛葳·史密斯（Stevie Smith, 1902-1971）之手。這首詩讀起來並不那麼容易；她透過與母親的想像對話，對女性的處境和角色提出質疑，是本詩的要旨。

史黛葳在二十世紀英美詩壇，乃是個異數。她一輩子只在一家公司做同樣的工作，也從未搬過家。生活的平淡，全都在詩裡得到宣洩。由於早年她的父親棄家而落跑，使她終生拒絕結婚。她曾有過一次結婚機會，但盤算之後，認為結婚等於自我的死亡，因而拂袖而去。這些獨特的生命經驗，使她的作品經常探討諸如拋棄、失去、信仰與生命的矛盾等問題。她詩風奇幻，想法獨特，死後名聲日高，被認為是同輩間的頂級。

而在這首詩裡，她從生活裡瑣碎的垃圾桶、堆肥、掃把，看著小貓玩耍等家庭婦女日常的生活現象，以及這種現象被認為是男女有別的上天安排，一下子就跳到了反諷及質疑上。她的質疑當然沒有得到答案，但能夠對這樣的問題發聲，就已是反思的起點。從這樣的角度來看，史黛葳不能說不是女性先驅詩人之一。而由她和母親的這種對話，也顯示出母女之間，所面對的，其實是同樣的處境啊！

喀什米爾詩人的悼母深情

荒漠。我在此被籠罩
於你聲音的陰影下。你的唇已成幻影
發出顫聲，遠方的草與塵使得沙漠
爲你而盛開薔薇

微風如你的親吻，它舒放著
緩慢的，你的芳香。而在遠方
地平線外，它則一滴滴的閃亮
彷彿你慈愛容顏上的露珠

記憶將它的手放在時間的臉上，
慈祥的撫摸著，如同仍是我
離家的那個早上。也如同夜晚到來

我嬰兒般的手臂把你擁抱

這首〈記憶〉，出自喀什米爾裔、美國籍詩人艾格哈・薩希・阿里（Agha Shahid Ali）生前最後一本詩集《永未完成的房子》。這本薄薄的詩集，一大半都是寫他母親的悼亡詩，多數都很長，只有這首稍短。由這首詩，其孺慕情懷已可概見無遺，它是首很好的憶母詩。

甫於二〇〇一年逝世的艾格哈・薩希・阿里，乃是當代喀什米爾旅居外國最著名的詩人，曾在美國猶他州立大學、麻薩諸塞大學等學府做過詩學教授，也曾在普林斯頓大學等名校做過訪問學者。他的這本《永未完成的房子》曾進入二〇〇一年美國書卷獎的決審名單，可惜最後並未勝出。這本詩集情深意重，混合著英詩與印度詩之美，是本難得的好詩集。

我們都知道，當印度仍是英國殖民地時，乃是一個完整的國家，但脫離殖民地後，由於被挑撥和內部不和擴大，信仰印度教的印度和回教徒較多的巴基斯坦，以及孟加拉，遂告分裂。喀什米爾地區多回教徒，但劃歸印度，因而一九九〇年起喀什米爾爲爭自主，遂陷入長期的內亂，並因而喪生數千人。喀什米爾乃是至今仍未解決的歷史懸案。

而艾格哈・薩希・阿里就是在這樣的背景下，小時即赴美求學，而後在那裡定居。

一九九六年初，他的老母因腦瘤而被接往美國開刀，一年多後還是不治。他扶柩把母親遺體帶回喀什米爾家鄉安葬。他的這本詩集裡因而有一大半都在悼亡與追思。印度抒情詩有著悠久的傳統，由他的詩裡，也可看到這種傳統的影響。

除了上述〈記憶〉外，他的另一首〈韻體謠〉（Ghazal）裡，還有這麼哀傷動人的句子：

> 讓我哀泣，讓血
> 從眼中汩汩流出
> 她已離去
> 這些淚水已
> 照亮我的雙眼，兩盞燭火
> 在這愛的最幽深之處。

讓孩子早經小風小雨

一個女士告訴我
那小野鳥的故事
漂亮的在窗台上，已死了三天
但她的女兒突然急急奔來
「牠動了，媽咪，牠又活了。」
她去看，眞的。
翡翠般的羽毛在振動，而鳥喉
也似乎有了脈搏而起伏
靠近一點，她見到眞實的生命如何昂起
從翅膀裡。她別開頭
不讓女兒看到，雖然女兒早已看清。

這首〈一個故事〉，乃是美國加州女詩人珍・赫希菲（Jane Hirshfield, 1953-）所寫。它文詞精簡扼要，但這首詩究竟在說些甚麼呢？

做父母的都有一種傾向，因為他們知道世間多苦難折磨，因而極力要為子女營造一座無菌溫室，拒絕讓子女過早看到會傷及心靈的種種不幸。這種父母的心情，就和淨飯王對待後來成為釋迦牟尼的悉達多太子一樣——他擔心悉達多太子看到世間諸般受苦不幸後，會出家修道，特地建造了暖、涼、雨三時宮殿，終日歌舞娛樂，讓太子以為這就是人間。

然而，把無菌的溫室留給子女，讓他們看不到生命裡終究避不開的歡樂之外的眞相，最後注定將是一場徒勞。淨飯王的千方百計，並不能把「苦」和悉達多太子完全切開，這個做母親的，結果亦然。

珍．赫希菲是個美國的佛教徒，她由釋迦牟尼的故事，很能體會淨飯王的心情並心有所感。這首〈一個故事〉裡，當母親的在窗台上發現一隻已死的小野鳥，她沒有張揚，也不想讓女兒看到。女兒最後還是發現了，並看到小鳥似乎又活了回來，急忙奔告媽媽。媽媽看了後，別過頭去，不想讓女兒看到自己的表情。這首詩的最後兩行頗耐人尋味：媽媽是在看到小鳥由死亡邊緣重新活了回來而欣然流淚呢？或瀕死小鳥的動作只不過是垂死的最後掙扎？但不論情況是喜是悲，這都是媽媽不想讓女兒知道的。媽媽別過臉去，無論是喜是悲，她只願意獨自承擔，不想讓女兒知道，但這終究是瞞不住女兒的眼睛。無論如何，媽媽別過頭去的這個動作，已說盡了天下父母心。

不過，父母基於好意，希望子女在無菌室裡成長，不要太早接觸到諸如死亡、不幸，以及邪惡等事物，但這種好意是否會達到預期的效果，卻可存疑。別說無菌室不可能隔絕得那麼徹底，就算是眞的能完全隔絕，這對子女也未必眞的有益。人們必須長期的磨練，始能成熟的去面對生命裡的喜怒哀樂，隔絕的結果只不過是阻礙了子女感情成長的時間而已。如果眞有某種命中注定，阻礙也不可能讓注定不會發生。

因此，讓孩子多經一點小風小雨，當他們成長後遇到狂濤巨浪，或許才會有更好的準備吧！

青少年苦悶的心情故事

一個縈繞的影像穿過破碎的窗玻璃

褐色的大眼襯著瘦削的臉
神情陰鬱，茫然的凝視

憤怒如井裝著如井的青春
摧毀了那些掙扎也無用的歲月

多久了？總有十年吧
活力就這麼燒盡

神情陰鬱，茫然的凝視
摧毀了那些掙扎也無用的青春

這首〈影像〉，出自當代「波士頓南區青年詩派」代表人物蘇珊・瓊森（Susan Johnson）之手。她寫的是離開中學十年後，有天突然邂逅到從前的同學，一臉憔悴，神情空茫。這首詩把美國當今許多無助青少年的困境，非常言簡意賅的表達了出來。在這個美國青年失業嚴重，各大城市的社區也極凋蔽，人心苦悶的時刻，她的詩格外受到重視。

我們都知道，儘管近十餘年來，許多國家的總體經濟表現尚稱不錯，但無論多麼亮麗，每個國家也都有許多陰暗面，不足爲外人道，各大城市的「凋蔽社區」即是代表。以波士頓南區爲例，它是個老社區，以歐洲下層社會移民後代爲主，民風強悍而保守，因而社區發展落後，加上美國地方財政不佳，各州各城市都早已赤字龐大，最近加州破產即是例子，因而落後社區就變得更沒有希望。這些社區的青少年失學失業及吸毒比例持續升高，縱使青少年憤怒深得如井，也都注定只是徒勞。在這樣的背景下，波士頓南區幾個女孩從一九八〇年代起，就藉著寫詩來表達苦悶。她們最先只是彼此間傳抄，後來被人知道而聲名日盛，許多大學的文學教授也注意到她們的作品並開始研究，視之爲當代青少年心聲的代表，「波士頓南區青年詩派」之名遂不脛而走。上面所引的這首詩，相信台灣許多對前途茫然的青少年，也會有戚戚之感。

到了今天，那些女孩已經三十多歲了，經過青少年的苦悶，對人生的感受更爲深刻。蘇珊・瓊森另有一首〈夢想從裡面死亡〉，對青少年當格外有啓發性：

我坐在此以中年的身軀
回想那已凋逝的青年時期

時間漂去啊，季節更替
我憤怒那些時光的過去
「爲甚麼偷走了我最好的那段日子
那些夢想曾和我如此貼近。」

而眞理的聲音並不默默
它從深處也憤怒的回應

「你當知道自己的錯，我並未陷害你
在久久之前。我只是磚牆而已
裝著你的歲月
以及你的苦澀和憤怒。」

你豈不知道
夢想並不會在時間裡死去
而只是從裡面自己死亡。

家，永遠會為你開門

家是個地方，當你向它走去

他們應為你開門。

上面這兩行詩句，出自前代美國重要詩人佛洛斯特的長詩〈僱工之死〉，其中頗具深意。

〈僱工之死〉是首長達一六八行的敘事詩。它的故事是說，丈夫華倫從市場買東西回來，妻子瑪麗在替他開門時告訴他說「希拉斯回來了」，於是這對夫婦就在門口你一句我一句的說起希拉斯來。

希拉斯過去曾不定期的做過他們家的僱工。這個老工人的表現並不太好，而且也不易與別人相處，因此他們家只管吃住，並沒有付他工資，因而當他們家農忙時，希拉斯反而跑去能發工資的地方打工，而今他年邁體衰，行將就木，遂走了很遠的路回到這裡，瑪麗發現後，遂將他迎進屋裡，讓他在火爐邊休息。

但華倫對此卻非常不以爲然。他數落著希拉斯的種種缺點，認爲他是個對僱主缺乏忠誠的人，因而他不贊成妻子的所爲，他並用反諷的語氣說出前面所引的這兩行話。

因此，由全詩的對話，可以看出丈夫對「家」的概念。他顯然認爲「家」應當是每個人都必須相互效忠的地方，當不能相互效忠，就是陌生人，家不應該對陌生人張開歡迎的雙手。

但妻子瑪麗的態度則顯然和丈夫華倫完全不一樣。她在詩裡一直爲希拉斯辯護。因爲我們只管他吃住而不付工資，而他要抽菸，爲了要抽菸，總不能去當乞丐要錢或去偷啊，因此聽說哪裡有工資可領，他當然就跑掉了。希拉斯當然有缺點，但他從未做過多麼壞的事情。他有個哥哥在銀行當主任，是個有錢人，可是他從不去求哥哥幫忙。他的一生活得誠然好像沒甚麼價值，但他在垂暮之際，能夠想到這裡，而且掙扎著走了很遠的路回到此地，我們就應該接受他。相對於丈夫的這句反諷話「家是個地方，當你向它走去／他們應爲你開門」，妻子瑪麗則說了另一個重要的句子：

我寧願說

家是一種你不一定要值得的東西。

因此，瑪麗對「家」的觀念，可以說和華倫有極大的差距。她顯然認爲「家」除了忠誠之外，應當有更寬廣的心靈層次之意義，那就是不管你活得多好或多壞，也不管你過去是否對它曾有過貢獻，只要任何時候你把這裡看成是你願意前來依靠之地，我們就一定爲你開門，幫你換上乾淨的衣裳，讓你在火爐邊休息。相互交換式的忠誠，以及是否一定要彼此值得，並非「家」的唯一要件。「家」的意義應該更多一點。

在這首長詩裡，夫婦間在談論之後，丈夫最後接受了妻子的觀念，而後他到客廳去看正躺在那裡休息的希拉斯，但發現他已經過世了，而全詩也就在此戛然而止。

佛洛斯特的作品都言淺意深，這首敘事長詩亦不例外。它把「家」的兩種層次用一則小故事呈現了出來。無論丈夫那個反諷的話，或妻子所說的正面話，這四行詩句都講出了一個最好的道理：家不是個功利的地方，它有著神聖而寬厚的感情成分在內。家不排斥，不拒絕，家永遠對要來的人打開大門。

每逢年終歲尾，人們都會有莫名的倦怠感油然而興，「家」也就因此而重新被人想起，這時候，佛洛斯特這首詩的那兩個相互對應的詩句，就顯得更有意義了！

耶誕節和家

耶誕節是個歡樂的日子，但它不只歡樂而已。只是它那些歡樂之外的意義，已在鼓勵吃喝玩樂的大眾消費時代被淡化了。

這時候，就想到十九世紀大文豪狄更斯（Charles Dickens, 1812-1870）的這段敘述：

在每年的這個時分，有誰能對相互之間的眞誠眷念，以及善意的汩汩流漾無動於衷呢？耶誕節的家庭聚會，沒有甚麼事比它更讓人高興了。它是以耶誕爲名所帶來的不可思議之美好。所有的小嫉恨和小傾軋全都被丟到腦後，大家一體的感覺又甦醒了回來，這是大家心中已久違了的情操。爸爸與兒子，兄弟和姐妹，在過去的月份裡，大家相見總是冷冷淡淡，而現在則眞情互擁，在歡樂裡把吵吵鬧鬧帶來的敵意掩埋。大家仁慈的心過去曾互相呼喚，但卻被驕傲的自尊的虛矯所妨害，現在又都回來了，又連接了起來，全都體貼互愛。對一度曾變得陌生的人們，但願耶誕像它應該的那樣，讓這種感情持續整年，也讓那些會扭曲我們更好本性的偏見與脾氣永遠不會發生作用。

因此，耶誕節不是吃喝玩樂而已，它是一種最大的祝福。十九世紀英國詩人尼雷

（John Mason Neale, 1818-1866）因而有詩句曰：

歡樂，以心，以靈，以聲音
你可聽見無止境的大幸福
喜悅，喜悅
耶穌即爲此而生
祂打開了天堂之門
而人則被永遠祝福。

另外，英國近代桂冠詩人貝傑曼（John Betjeman, 1906-1984）也有這樣的句子：

沒有任何家庭裡的愛
沒有任何寒冬裡的耶誕頌
沒有任何尖塔上搖盪的鐘聲
可以和這簡單的眞理相比；
上帝是誕生於巴勒斯坦的至人
祂直到今天仍活在麵包與酒中。

在這裡，「麵包與酒」，可以當作「聖餐」來解釋，而更準確的，則應視之爲「祝福」的象徵，祝福每個人家的桌上都歡樂長久。

因此，人們慶祝耶誕節，它的終極意義，乃是藉著回憶耶穌降生，祂對人類的祝福，而重拾人們對自己、家人以及世界的愛心。祂爲祝福人類而降生，人們也當更彼此敬愛。而一切善良請從耶誕家庭的團聚開始。耶誕節比歡樂更大的意義，即是人的善良。

耶誕節是西方人最重要的團聚節日，除了狄更斯的那一段敘述外，當代英國女詩人波文（Elizabeth Bowen, 1899-1973）的這一段也堪爲注腳：

> 又到了相會的時候。家是磁鐵。冬天的地上，因爲人們熱切急速回家的旅程而哄哄鬧鬧。黑夜因爲遲歸的人而喧鬧明亮；門被呼的打開，雪地上急奔的人影，張開的手臂，親吻，語聲和笑聲。在回家的最初幾分鐘，耳眼昏昏，甚麼都分不清。以前太熟悉的每件事都帶來震驚。在深呼吸裡，至大的滿足漸漸出現，這眞是太多太好了。我們對家的依戀無法改變，我們爲此而感恩。再一次的耶誕節，一個回歸的連接點。以它的奧祕，心情與魔力，這個時候好像已到了時間之外，一切都太寶貴了，太持久，這種感覺又再一次出現。我們已經到家了！

自殺者的譫狂之歌

打從你問起，多半日子我無法再記得
我著裝走出門，一路未引起注意
而那幾乎莫可名狀的渴望又告復返

縱使那時我還沒有輕生之念
你提到的綠葉我知之甚詳
也知道你大白天裝設的家具

自殺有一種特別的語言
如同木匠只想知道「用甚麼工具」
而不會問「爲甚麼要做」

我曾兩次如此

被這敵人附身，吞噬著它
並學會它的法術，它的魔力

就這樣，狂烈但又審慎
它的熱度大於油和水
我棲於其上，並將它掛在嘴上亂講

我已考慮不到針尖上的身體
縱使眼角膜和憋住的尿也不再有感覺
自殺已背叛了身體

死胎，他們經常並非眞的死亡
而是繼續迷惑著，他們也忘不了那甜藥
縱使兒童也盯著微笑

將你全部的生命丟到舌下——

它將因此而變成一種激情
死亡是煩人的骨刺，折磨著，你說過。

要從惡劣牢房裡抽空我的呼吸
細膩的打開那舊傷
而它等著我，年復一年

這裡維持著平衡，但有時卻自殺念起
對水果發怒，視之如鼓脹的月亮
做出自以爲的麵包而別人誤以爲饅頭

任由書的頁碼漫不經心的攤著
某些事不說出來，電話脫離掛鉤
而愛，不論是哪一種，則變成疫病。

這首〈想死〉（Wanting to Die），出自美國重要女詩人塞克絲敦（Anne Sexton, 1928-1974）。她從一九五六年起就數度自殺未遂，一九七四年十月四日終於在自家車庫裡用一氧化碳廢氣了結生命，和張國榮一樣，只活了四十六載。這首〈想死〉是難得的自殺者之告白。可以讓人對自殺者的心情增進許多了解。

塞克絲敦爲美國波士頓的富家女，由於產後憂鬱而崩潰自殺，心理醫師建議她用寫詩來面對自己，於是遂開始了她那奇誕深刻的寫詩生涯。她在「女性詩學」和「女性書寫」上有著開創性的貢獻。一九六七年獲普立茲獎，是所謂「波士頓詩派」的代表人物之一。

她的詩被認爲是一種「自白詩」（Confession），有很強的自傳性質，經常還顯露出很「狂亂」（Insanity）的特性。在這首〈想死〉裡，她把一個自殺者的內心做了一般人不可能知道的透露。自殺者乃是心靈的中蠱，當自殺念頭鑽進了腦袋，人就等於進入了另一個狂亂、譫妄，但卻在死亡計算上更清醒的不可思議狀態。一個自殺者寫自殺，和別人旁觀自殺完全不同。在張國榮自殺身亡後，讀這首〈想死〉，而且是多讀幾遍，或許我們就會對自殺者那種狂亂的痛苦更多幾分同情吧！

自殺者之子的悲愴自白

「自白」（Confession）乃是文學裡的重要範疇。有許多作品都是作者自己的創傷、悲痛、懺情，以及悔恨的表露。「自白」在詩裡表現得最爲徹底而深刻。「自白詩」的最大貢獻，在於它能夠把人性與人生最幽微的經驗呈現出來。二十世紀的女性詩學裡，「自白詩」方面，表現得最爲動人，幾乎每個傑出的女詩人都是自白詩人。

而在男詩人裡，我們曾談過的美國兩度桂冠詩人柯尼茲他最傑出的部分正是他的自白詩。他的自白詩揭露出了當一個家庭的父親自殺，會對子女和整個家庭留下多大多久遠的傷害！

柯尼茲在還沒有出生前，父親即自殺而死，將家庭的重擔丟給妻子孤身承受。因此，他從小就在詭譎陰鬱的氣氛裡長大，他的母親對自殺的丈夫恨到極點。他則因此而變得非常孤僻，總認爲自己天生不幸，不可能活很久。這種精神上的中蠱和執迷，使得他產生一種奇怪的迷信。他經常在小學下課後，一個人快跑到附近的樹林，撿起三顆石頭，對準一株老橡樹拋擲。他相信只要擊中一次，就代表終究會有一個人愛他；擊中兩次，就表示他會變成詩人；三次都擊中，就表示他永遠都不會死。三顆石頭及那株命運樹，乃是他童年的慰藉。他那不快樂的人生一直持續到五、六十歲都未淡忘。

一九七一年，他六十六歲，終於用《命運樹》這本詩集，正式面對昔日心靈的創傷。這本詩集裡有許多動人的詩段，例如：

在這裂開的家庭
縫隙裡
長出了怨憎的雜草
它那不起眼的白色小花
就像是一串考古學家一樣
成了家庭創傷的收藏家

詩集裡還有一首以童謠體所寫的〈瘋子調〉，用來寫他對童年的回憶：

我的名字和那個猶太瘋子一樣
沙漠是我的家
媽媽的胸脯長滿了刺
至於爸爸，可是半個也沒有啊！
沙土對我小聲的說，快快逃走

石頭則告訴我，要硬起心腸
我狂舞，因爲活了下來
在這小路之旁！

他還有許多詩寫他的父親自殺後，對他造成的傷害，例如他的母親恨得把父親遺物鎖在閣樓，他小時候有次潛入，母親發現後，給了他大大一巴掌，因此他說道：

在我六十四歲的現在
仍能在面頰上感受到
那種痛苦的灼熱。

柯尼茲的這本《命運樹》，寫他的傷害，以及因此而造成的人生扭曲與失敗，許多地方都令人難以卒讀。在詩集裡他寫道：

在那痛苦的歲月
心破碎又破碎
生命也繼續破碎
我必須遠遠走開
穿過黑暗及更深的黑暗
永遠不再回來

我仍在我兒時那條羊腸小徑
但我的那株命運樹何在？
請把那三顆石頭還回來！

柯尼茲儘管在年老後已敢於面對昔日的傷害，但由他更晚的作品卻也可看出，那些傷害所扭曲的人生仍然如影隨形般的一直在繼續。由他的詩集，已清楚的顯示出，當父親自殺，會造成多麼巨大的連動影響。當我讀了他的詩，就不由得想到，台灣最近一連串的自殺案件，不知道會對他們的家庭子女造成多麼久遠的可怕影響啊！

自殺的蠱與惑

自殺一向是死亡裡最大的神祕。那是一種對生命倦怠到極致的中蠱狀態。我們很難去揣摩自殺者的最後心情。死亡的念頭是怎麼鑽進他腦海縫隙的？它又怎麼把一個人推向死亡之淵，而後奮身躍下？……

大詩人里爾克寫過一首〈自殺者之歌〉，有這樣的句子：

他們把湯匙送到我的面前
這生命之匙
不，我不再，不再需要
讓我嘔吐吧！

他用「嘔吐生命」的譬喻來說自殺者的心情，但這並不能解答人們對自殺的迷惑。反倒是有一位女詩人塞克絲敦對自殺做了最好的見證。這位美國近代傑出的女詩人，曾獲普立茲獎，她自殺時和張國榮一樣，都是四十多歲。

塞克絲敦是個絕對怪異，而又才華出眾的詩人。她躁鬱，有時沒來由的亢奮愛現，有時又低潮得要自殺。她曾多次試圖自殺而未遂，但最後還是自殺死了。她的詩裡有很強的死亡意念和訊息。她有一首〈想死〉，就有這樣的句子：

自殺有一種特別的語言
如同木匠只想知道「用甚麼工具」
而不會問「爲甚麼要做」

我曾兩次如此
被這敵人附身，吞噬著它
並學會它的法術，它的魔力

而除此之外，她又寫到自殺的念頭是如何在窺伺著她：

而它等著我，年復一年
細膩的打開那舊傷
要從惡劣牢房裡抽空我的呼吸

我一直認爲，塞克絲敦的作品裡，對自殺者有如中蠱般的精神狀態有著最精確的揭露。她並沒有把自殺的神祕全部解開，但已把那如蠱似惑的恍惚與執念呈現到了人們面前。也就是說，當某種創傷讓人想到死，就在這一念之間，死亡就鑽了進來，如黑洞般的把生命意志吸乾。這時候就只會想到「要怎麼死」，而不會再問「爲甚麼要死」。這或許也是心理諮商者在遇到自殺者時，拚命要把他拉回到「爲甚麼要死」這個問題上的原因。

而今張國榮自殺死了，我們損失了這麼好的一個演員。在惋惜之餘，但願所有創傷欲死的人，都一定要想「爲甚麼要死」這個問題！

等待心靈雙胞胎

人不能一輩子都只爲自己而活，因此，傑出的詩人對昇華與超越這個課題，總是念茲在茲的不能或忘。

當代加拿大主要女作家兼詩人愛特伍（Margaret Atwood, 1939-）的這首〈不能與她不完美的心一起生活的女子〉，即是很耐反思之作，詩曰：

我不是在說愛情的
象徵，一種糖果的形狀
用來裝飾糕餅，
這種意義的心乃是
人們所認爲的屬於或不屬於；

我說的是那一大團筋肉
它收縮如同被剝離的雙頭肌，
泛著藍紫色，裹以多脂的表層

如軟骨的表皮，這孤立的
有如住在穴洞裡的隱士，如未長殼
的龜類，它是一大攤血
但沒有滿盤的快樂。

所有的心都漂浮在它自己
無光的深海裡
幽黑而閃著水光，朦朧一團
它的四張嘴翕合如魚
人們說心是怦怦跳的
這點當然沒問題，它例行的
搏動以免被窒息。

但絕大多數的心卻說著，我要，我要啊
我要，我要。而我的心
則更加的內外不一了

儘管我曾以爲它有的雙胞胎並不存在。
它說，我要，但我也不要，我
要，而後停了下來
強迫著我去聆聽。

而在夜晚那個紅外線的
第三隻眼仍張著
另外兩隻眼則已睡眠
但它卻拒絕說出到底看到了甚麼。

因而遂總是苦惱著
在我的耳裡，如同被捕獲的蛾在嗡動
如鬆弛了的鼓，如兒童小小的拳頭
敲打著彈簧床面；
我要，但又不要
我怎麼能和這樣的心一起生活？

很早以前我就已放棄
再爲它唱歌了，它永未滿意或歇息
當某個夜晚我將會對它說：
心，請靜下來吧
而它一定也會。

愛特伍的這首名詩，說的乃是悸動的心，永遠在那裡由於缺少了心靈的雙胞胎而苦惱的況味。從第一段開始，她就世俗但卻虛假的將有關心的想像拋開，而直指心的本質，它是一攤血肉，但孤立、無殼、漂浮在自己無光的深海裡，永遠在那裡無力的悸動著，並在渴望的「我要」和自我封閉的「我不要」間起伏迴盪，而歸根究柢，乃是沒有那個心靈的雙胞胎，但她找到了嗎？當然沒有，而這種「我要」的呼聲以及因此而造成的疲憊振動，不就正是心靈進化的動力嗎？

活一個自在的生命

你無須博人好感。
你無須用膝走路
穿越沙漠一百哩，表示悔贖。
你只需讓擁有自己身體的這個動物
去愛自己的所愛。
對我說悲傷，你的，我也會說我的。
而這時世界仍在繼續。
這時太陽和清澈的雨珠
正越過這片風景，
越過草原、密林，
以及群山與河流。
這時野雁們，在高高的澄藍天空，
飛往回家的路，

不管你是誰，不論你多孤寂，
這世界把它自己給了你的想像
喚你的名如同對待野雁，粗暴而亢奮
一再的宣達出你——
在事物家族裡應有的存在地位。

這是一首非常難得的哲理詩，出自當代美國主要女詩人瑪麗・奧莉佛（Mary Oliver, 1935-），她的詩風冷冽透澈，意境幽長，是主智詩人裡的高手，曾獲普立茲詩獎與美國書卷獎。在這首以〈野雁〉為名的作品裡，透露出很具辯證性格的自然哲學觀點，而它的道理對人生也同樣啓發。

在二十世紀裡，人類思想最大的進步，即是對「自然」已有了不同的感覺與認知。以前我們相信「人是萬物的度量」「天生萬物皆為人所用」。這種「人類中心主義」主宰了人對自然的認知和觀點。但從二十世紀七〇年代開始，這種觀念已被漸漸改變。人們理解到以前的世界觀是被建構出來的，用來合理化人類之目的性，因而必須「脫人類中心主義」。而當人與自然的關係被改變，基於同樣的道理，人們也理解到，以前的社會觀也同樣是被建構出來的，因而每個人應當突破社會的限制，去追求更自我的生命。

這首〈野雁〉，所說的即是前面的這些道理。這首詩有三個層次：

在第一個層次裡，它認為人們不應墨守成規，而應更積極的去活出更自我，也更自在的生命。每個人都有自主的身體、生命選擇與悲傷，因而所有的個人都是獨特的。詩裡的第一至第六行，所說的即是這種道理。

由個人，詩人話鋒一轉，放眼茫茫大地，在如畫面的自然景色裡，野雁正在澄藍天際趕往回家的路上。野雁和人一樣，也是世界裡一種獨特的生命，牠們的孤高是牠們的命運。這也意味著人與野雁應當是不分軒輕的。

但事實上呢？本詩的最後五行指出，無論個人或野雁都一樣的不能自由。只要生存在這個世界上，生存的意義就被規定了下來。人們忙著替世界安排秩序，要把萬事萬物放在「事物家族」裡，讓個人與野雁有其位子，這是一種粗暴與亢奮，不自由從這裡產生。

瑪麗·奧莉佛乃是當代主要的曠野女詩人，主張眾生平等自由，所有的生命都應一視同仁，可是要到這樣的理想境界，難啊！

心裡的那片荒地

雪落下夜落下，匆匆啊匆匆
這田野景象在眼前經過如風
地面幾乎全被白雪密密蓋住
最後只野草和殘株露出幾叢

四周平林漠漠即此情此景的全部
所有動物都躲進了牠們的獸窟
我精神恍惚已無法顧及
這片孤寂也包括了我的茫然無主

我心孤單而這孤單之感
愈來愈增而非漸漸消散
向晚時分白雪茫茫

它無法被形容，也沒有甚麼要言傳

它嚇不倒我以它的空寂
在群星之間——其上渺無人跡
但這感覺快到家時卻襲上心頭
它驚嚇我以自己的荒地。

這首詩，名爲〈荒地〉（Desert Places），爲美國大詩人佛洛斯特的代表作之一。這首詩由於語法上的障礙，很難翻譯。有兩、三個地方只好爲了達意，而不得不忽略精準。

我們每個人都會有一種傾向，那就是當外在環境惡劣時，反而會有一種恍惚的鎮定，讓我們在嚴肅中安然度過，但當那種惡劣環境不再，卻反而更容易受到驚嚇。這種輕鬆之後的驚嚇，乃是個值得反思的課題。

佛洛斯特有次在大雪紛飛的時候外出，向晚時分才一路趕著回家。那時四野茫茫，夜色漸落，空曠而寂寥，的確讓人有恐怖驚嚇之感，但那時他或許因爲趕路，或許因爲情境壓力的因素，心神恍惚不在意，對該情該景並不覺得害怕。但當他快要到家的時候，驚嚇之感卻反而愈來愈增。而後，他遂寫成此詩，佛洛斯特的答案在最後那一句裡：外在的荒地並不足畏，每個人自己心裡的那個荒地才是讓人驚嚇的眞正原因。

讀這首詩，就想起小時候自己的經驗。當時家住台南近郊，上下學都要穿過一整片甘蔗田，小學晚上補習，下課已是九點，回家走過甘蔗田，小朋友們一路上都還鎮靜自若，走完甘蔗田快到家時，一群人反而嚇得拔足狂奔。

外在的荒地不足畏，怕的是心裡自己的那塊荒地，一切的魅影都在心靈的荒地上棲息。這也就是說，有許多驚嚇都是自己在嚇自己，因此，如何正視自己心裡的那片荒地，或許才是眞正重要的課題吧！

To be, or not to be

To be, or not to be乃是莎士比亞在《哈姆雷特》第三幕第一場裡留下的千古名句，將它用白話文來翻譯，應當是「活著呢，或者去死」。也正因此，人們遂說自殺問題，也就是「To be, or not to be問題」。而探討自殺，也成了最困難但也最神祕的無解謎團。

人類存在，最重要而優先的問題即是生死，其他問題與此相比，層級就顯得低了許多。因此，卡繆（Albert Camus）遂如是說道：

「只有一個眞正嚴肅的哲學問題，它就是自殺。因爲判斷生命是否值得繼續，和答覆最根本的哲學問題完全相同。而所有其他的問題，如世界是否有三度空間，心靈到底有九個或十二個範疇等，則皆屬次要，它們都只是概念遊戲，我們要答的乃是第一優先的那個。……人的心裡面有隻蛀蟲，牠在哪裡必須找出，從而理解到人們由清明理智變成遠離光明，走向黑暗的致命遊戲的原因。」

卡繆認爲自殺乃是「唯一眞正嚴肅的哲學問題」，但儘管如此，「自殺」這個問題的眞正奧祕卻至今仍少被知悉，莎士比亞在說to be, or not to be時，人類的生命依然多艱，因而「只要用一柄小小的刀子，就可以終結自己的一生」，遂成了人們的嚮往，但因人們對死後的神祕仍有畏懼，因而自殺的念頭會因此而停住。但到了今天，生命已沒有從前那麼艱難，自殺卻反而愈來愈普遍，這到底是哪裡出了差錯？難道是人們心靈裡的那隻蟲，已愈來愈厲害了嗎？

在西方，從中古時代以來，人們就視生命爲上帝的賜予，除了上帝外，沒有誰可以取消自己的生命。在這種價值觀下，把自己殺掉等於是「自我謀殺」（self-murder），它是謀殺的一種，是不可能被寬恕的罪。在那個時代，自殺者不但不能有祈福的喪禮，也不能葬在教堂墓園內，有些甚至還會對死者遺體做出吊刑及鞭屍等懲罰，因爲他犯了謀殺罪。

但從十七世紀末期開始，「自我謀殺」這個字不見了，它被換成「自殺」（suicide），這是個重要的轉折，等於這種行爲已被「道德上除罪化」。自殺已不再是神學及道德上的禁忌，而變成了哲學問題。但因哲學其實並沒有能力解決這個棘手的難題，於是就在大家談論中，自殺現象反而愈增，演變至今，甚至談論都已疲憊，大家對自殺這個問題都已變得默然，並將它丟給心理醫師或「生命線」去承擔。但因他們也無法擔負得起「自殺」這個難題的重量，因而自殺現象也就在無解中繼續至今。

然而，儘管對自殺依然無知，但人們至少已看出自殺的理由從莎士比亞到浮士德已有了基本的轉變。莎士比亞所想到的自殺理由是：

誰願意忍受人世的鞭撻和譏嘲
壓迫者的凌辱、傲慢者的冷眼
被輕蔑的愛情的慘痛
法律的延遲，官吏的橫暴
和微賤者費盡辛勤所換來的鄙視

但生命裡的這隻蟲，到了浮士德已改變成另一種模樣：

我將不再畏懼陰暗的地獄洞窟
在這裡幻想會帶來自我的詛咒
而走向狹窄的通道忍受厲焰的煎熬
它乃是我堅定的目標
我將無所畏懼的奔向終點
雖然在那裡等著我靈魂的只有虛空。

這也就是說，自殺這個問題，愈到後來，那種由於「生存意義的失落」所佔的比重，已愈大於「生存狀態的艱困」。亦即，那種哲學上由於虛無而引發的自殺，已逐漸佔較大的比例。

那麼，我們要怎麼辦呢？這時候，就讓人想起可能是談自殺問題最深刻的蒙田了。他在《蒙田散文集》裡多次申論過自殺和自殺的理由，他認爲生命的任何問題都不可能藉著逃避而解決，更不可能在自殺的空無裡得到答案，逃避之罪大過失敗。空無不是答案，因爲它否定了全部。人不可能生存在沒有痛苦的世界，學習背負痛苦和解決痛苦，或許才是眞正的人間條件。或許，蒙田的觀點也值得我們借鑑吧！

3 回到詩的聲音

他說他愛我因而奔向我
他說他要奔向世界和天空
他說每個扣環都非常牢靠
他說他用的蜂蠟都品質很好
他說要我去海邊等他
他說請別哭泣

——美國當代女詩人盧姬瑟

克服「被棄感」！

被別人漠視，甚至遺忘，乃是平凡的我們常有的經驗。這是一種很壞的感覺，甚至會讓人在被漠視中把自己放棄。

而談到被漠視、忽略，甚至遺忘，大概很少有人體會得像美國詩聖佛洛斯特（Robert Frost, 1874-1963）那麼深。他自幼喪父，母親帶著他投奔祖父。十五歲時他愛上了詩，十九歲第一次在全國性的雜誌上發表作品，領到十五美元稿費。由於很早就決定以詩爲志業，因而他後來的求學都亂七八糟。高中畢業後，他進了著名的貴族學校達特茅斯學院，只唸了兩個月就退學，經過一陣折騰，他二十二歲又進哈佛大學，又是唸了兩年多就輟學。由於對人生太沒有企圖心，看起來太不長進，家人對他失望至極，祖父乾脆讓他去當農夫，在新罕普什爾州德里鎮附近給他一塊田，他也就偕同妻子去那裡耕種爲生，一耕就是五、六年，形同隱居。那是一段被漠視、忽略，甚至遺忘的歲月，而他們怡然處之。他的妻子仍鼓勵他寫詩。由佛洛斯特後來的發展，可以說他的農夫歲月乃是一種「潛龍在淵」的狀態，正因有了這段沉潛的經驗，始造就出他後來的「飛龍在天」。

佛洛斯特曾有詩〈被漠視〉，記下他們夫婦那時的心境：

他們丟下讓我們去走自己的路
彷彿這兩人證明了他們判斷錯誤
因而有時候我們坐在路邊僻處
用促狹、多變而天眞的關注
試看我們能否沒有被棄的痛苦。

因此，佛洛斯特夫婦有沒有「被棄感」呢？當然是有的，但他們用「促狹、多變而天眞的關注」這種態度將這種感覺克服了。他用心觀察和體會農夫鄉下生活的點點滴滴，使得他後來再出發，果然顯示出在平淡中見深邃，在田園經驗裡有普遍價值的特性。佛洛斯特在他三十五歲那一年賣掉田產，偕同妻子兒女赴英，卜居白金漢郡的一個小鎮，和幾個詩人朋友時相往來，其中的吉卜森（Wilfred W. Gibson）後來在一首詩裡回憶他們的交往，就對佛洛斯特「豐富而成熟的哲學」推崇不已。可以想像到他的「豐富而成熟」，肯定與被漠視、忽略和遺忘的歲月有關。

人都難免被漠視和被忽略，並因而產生「被棄感」，但這又有甚麼關係呢？人活著的意義在於自己，而不在別人。只要自己不漠視自己，別人的漠視於我又有何傷？佛洛斯特十九歲發表第一首詩，他的祖父非常反對他準備以詩爲業，說道：「沒有人可以靠詩生活，我會給你一年的時間，如果一年後你的詩還無法成功，你得答應我放棄寫作。」對於祖父的施壓，他的答覆是：「給我二十年，給我二十年。」而果然，他第一本詩集於一九一三年出版，這年他三十九歲，眞應了他當年向祖父所要求的時限。二十年，佛洛斯特整整的被漠視了二十年！

人不要怕被漠視，重要的是不漠視自己，有一天，就會得到在被漠視中自我精進堅持的成果。這就是佛洛斯特給我們的啓示。

耍帥、耍酷、耍掉自己

別再逼我　因爲我已到了絕境
我還不想做出糊塗事
爲的是甚麼？
世界經常像是叢林，而我懷疑
要怎麼樣才可以不掉進谷底

一個小孩生來即無主見
對人間事可謂茫然一片
上帝對你微笑時也同時皺著眉頭
因爲只有祂知道你人生的來由
你長在貧民窟，過著二等生活
你的眼則唱著非常憤恨的歌
你遊玩和棲息的地方

看起來有如非比尋常的窮巷

你羨慕所有簽賭勝利的贏家
還有幫派殺手、老鴇和富商巨賈
他們開大車，鈔票大把大把花
你長大要像他們一樣，啊哈
走私、土匪、強盜、賭徒都幹
還兼扒手、乞丐、攤販及流浪漢
你說：「我很酷，哈，我不笨！」
接著就被踢出了高中因爲太混
而後即無業可就，一無所有
到處閒逛，做瀟灑模樣
抖起領子很拉風，但無所不幹
就被逮去吃八年牢飯
而今你已成年，是個爛人
接下來的兩年成了跑腿的雜混

被人整但也整人像活在地獄裡
直到有一天人們發現你在斗室上吊嗝屁
坦白說，你已失去了自己的人生
死軀僵冷掛在那裡晃個不停
但你的眼唱著悲哀加悲哀的歌聲
啊！活得多麼短暫而死得如此年輕。

上面引譯的，乃是美國饒舌樂團「閃手大師及憤怒五人組」（Grandmaster Flash & The Furious Five）所唱的〈信息〉（the Message）裡的一段，它全長超過一百多行，但在饒舌歌裡還算是短的；超過二、三百行的比比皆是。

「饒舌歌」（Rap Music）如果要追根溯源，可以說開始於十五和十六世紀的西非洲，當時有個口語詩人「格里歐特」（Griot）創造了一種高度節奏化和旋律化的表達方式，這種詩樂形式後來被黑奴帶到了美洲，只在黑人社會的底層維繫著傳承，但一九七〇年代隨著民權運動的向下扎根，這種詩樂形式突然爆發式的在紐約的上曼哈頓及南布朗區竄起，它被黑人及拉丁美洲移民青少年所喜愛，一九七六年「饒舌歌」這個名詞正式出現。

一九七八年出第一張唱片，而後這種詩樂形式即成了主流的一部分，它被許多文學理論家認為是「後現代的詩」，演變到了今天，饒舌歌業已成了美國中學和大學裡文學教材的一部分，它被認為是一種詩的地位，已被確定。

饒舌歌是以詞取勝的歌。它的歌詞有很強的現實性，這乃是口語文學的特性。例如曾有一個饒舌樂手對警察暴行不滿，即在歌裡聲稱「把條子幹掉」，因而引發軒然大波；也有樂手在歌裡「性」得太厲害，造成爭議。但除了這少數糾紛外，饒舌歌其實是一種非常傑出的詩歌新形式：它節奏活潑，用字靈巧，在口語裡有韻有律，很容易朗朗上口；而其內涵則或者抗議，或者說理，每多可觀。就以這首〈信息〉而論，它即對黑人社區的生存環境表達了很深的抗議，同時也期勉黑人青少年不要自甘墮落。這裡所引用的前五行乃是反覆出現的主題，每個主題後有一個很長的故事，藉著不斷說故事來強化主題，可以說是很正面的訓誨詩。它期勉黑人青少年不要一天到晚只是在那裡耍帥耍酷，否則很容易就耽誤掉自己一生。這首詩每兩行一韻，讀起來非常有勁。

由這首詩期勉青少年不要只是耍帥耍酷，就讓人想到當今台灣青少年的耍帥耍酷。今天我們的社會「消費當道」，青少年間流行「再怎麼窮也要……」的帥酷人生觀，於是，再怎麼窮也要吃館子，再怎麼窮也要出國旅行，再怎麼窮也要穿名牌或買部汽車來開。「再怎麼窮也要……」當然很酷很帥，但刷爆信用卡或還不起現金卡的債，遂有了賣護照或賣自己的惡果，耍帥耍酷到最後，耍掉的卻是自己啊！

風因它的吹拂而苦

風因它的吹拂而苦
海因它的汪洋而傷
而火則因它的焚燒而煩憂
我則因現在的名字而受折磨

石頭因它石頭的性質而惱
如同光線因它的閃亮而憂
如同鳥被牠的翅膀所束縛
我也因是我而苦悶

而所有這些可有藥能解？
如何始能不致和沒有煩憂？
如何讓這些在以後變得更好？

如何才可讓我比我更多？

如何讓痛苦世界成爲
更大的世界和不再痛苦？
如何始能讓古老的雨落下
更濕潤而同時也更乾燥？

如何讓自在的血液奔流
既鹹而紅但同時也甜而白？
如何讓眞實的我
再更多的尖叫和更多微笑？

可資依靠的已無其他奇蹟
可資依靠的仍是同樣已知的毒藥
或靠著改善的痛苦
或靠著我們進一步的死亡

這是一首很棒的哲理詩，出自前代英美主要女詩人蘿拉・瑞汀（Laura Riding, 1901-1991）之手。她在一九二〇年代即以詩聞名，爲「逃亡者詩派」的主要角色，以田園哲理取勝。她後來赴英，成爲英國文壇祭酒格里費斯（Robert Graves, 1895-1985）的繆思女神及情人。她一生計出書四十餘冊，包括詩、小說、散文、語言學論文等，被認爲是二十世紀美國主要詩人之一。

蘿拉・瑞汀的詩以哲理見長，不願讓詩淪爲遮蔽眞實的美麗文字遊戲，這乃是她喜歡直指問題核心的原因。就以這首〈風因它的吹拂而苦〉爲例，就有極深的意旨，任何事物都有它的特性，那是它的注定，它的侷限，但也是它的焦慮和命運。風因它的吹拂而苦，我因爲是我而受折磨，但風不可能變成不是風，我不可能變成不是我。我不可能像血一樣，既要鹹而紅但同時又白而甜。這也就是說，我們不可能在我的命運之外去找另一個命運。這首詩最重要的是最後那四行，它提醒人們要勇敢的承認自己，面對命運，改善命運。沒有奇蹟可靠，也沒有萬靈丹可找！

風因它的吹拂而苦，談的是哲理層次的問題，任何東西是甚麼就是甚麼，不可能變成不是甚麼，更不可能既要甜又要鹹，甚麼好處都得兼。從承認自己是甚麼作爲出發的起點，才是眞正的生命勇者。這首詩的深刻意旨，不正値得此刻的我們深思嗎？

一個孤冷的悲傷天才

十九世紀，英國有個詩人克萊爾（John Clare, 1793-1864），他的一生非常乖違慘惻。但他的詩卻愈到後來愈受重視。

克萊爾是個工人之子，自己也當築籬工和長工為生，但卻透過自修而寫詩，一八二〇年出版第一本詩集《鄉村述景抒情詩選》，這本詩集一出，即被評為「鄉村才子」，同一年，他和摯愛的初戀女友分手，而後與他人結婚，接下來的十年，他繼續寫詩，普獲好評。一八三二年他搬家，新居離他的老家只有四哩之遙。但克萊爾是個非常固執於原鄉的人，環境乍變，即無法適應，受挫之餘，精神渙散昏亂，一種深沉的「失落感」開始出現，並被寫進這個階段的詩裡。一八三七年他被送進精神病院，一八四一年他逃了出來，走路回老家，他狂亂的以為自己早就和初戀女友結了婚，因此回家是要與她團聚。當然，他被抓了回來，餘生全部在精神病院度過。儘管他仍繼續寫詩，但已不被當時的人理睬了。

因此，克萊爾可以說是個脆弱至極的人，他那種脆弱敏銳的程度，人間實在罕見，一點小小的失落，如和初戀女友分開，離開從小生長的地方，他就無法調適。但正因這樣的脆弱敏銳，他才寫得出一流的能夠充分反映人的脆弱性的好詩。他的作品到了二十世紀，被重新整理、蒐集、陸續出版，這時候，人們才驚訝的發現他那脆弱但卻令人嘆息的才華，但這已是他死後七、八十年的事了。一個人「社會化」的程度太好，可以適應各種生活變化，但「社會化」所造成的世俗性，卻難以造就出好文學家；有些文學要在孤冷脆弱裡產生，克萊爾就是一例。

在此，可以讀他寫的這首〈我是〉爲證：

我是——但我已不再介意和知道我是甚麼
我的朋友早已棄我如同失落的記憶
我在我的悲傷裡自我消耗
它在遺忘的大海裡升起與消失
如同愛情裡的陰影和死亡的慢慢失去
而我　仍然活著，在高高揚起的暗影中
走進侮辱和喧囂的空無裡
走進人生若夢的汪洋大海
這裡已無生命的意義和歡樂

有的只不過是我生命的大海難
縱使那最親近的，我的至愛
已都成了陌生人，啊！比別人更陌生

我渴望那從未有過人跡的景色
那裡的女人從未笑過也未哭泣
它是我造物主的處所
睡去彷彿我童年時甜蜜的安眠
當我躺下即煩惱……
在穴窟穹頂之上，青草之下。

人性與神性的永恆轇轕

二十世紀美國詩壇裡，外國人佔了相當比重。曾經是美國殖民地的菲律賓，更是人才輩出。而執其牛耳的，則無疑的要推薇娜（Jose Garcia Villa, 1908-1997）。一九四〇年代，當時的詩壇教父艾肯（Conrad Aiken, 1889-1973）在「現代文庫」的《美國詩選》裡，即將她的作品收入，足見其成名之早。

薇娜出生於馬尼拉，而後赴美深造定居，既是詩人，也是藝術家，同時她也遊走於美國和菲律賓之間，在兩地皆獲得許多榮譽。她在美國一路順遂，主要是得到了艾肯的賞識，而說到艾肯，則是近代美國文壇的一大悲慘傳奇人物，他在十一歲的時候，就經歷了人間最不堪的慘劇，他的父親把妻子射殺而後自己飲彈身亡，成了孤兒的他被親戚收養。儘管他後來在文學上頗爲得意，是大詩人艾略特的好友兼代言人，並成爲一九四〇到六〇年代的教父級人物。但在幼年家庭慘劇的籠罩下，使他對精神分析及心理神祕問題特別感興趣。他寫過一本小說，說的就是自己的父母。但因他寫詩好以歷史題材和神祕心理爲主，詩多偏長而稀鬆，這也是他活著時聲名顯赫，但後來卻評價降低，令人惋惜的原因。

不過，艾肯當年在文學教父期間，獎掖後進而不遺餘力，這點特別值得肯定。薇娜的詩，有極強的宗教自省意味，接近神祕主義，因而深受艾肯推崇，不但將她列入詩選，並幫助她辦詩刊，以及使她成爲古根漢基金會贊助詩人。艾肯對薇娜的賞識，乃是詩壇佳話。

薇娜的詩，經常都有宗教上的自省特性，這首〈我思考自己的方式〉，即是頗值得我們反覆思量的極佳作品，詩曰：

我思考自己的觀念方式
乃是我解除對上帝思考的方式
就像奉上帝之名而我製造著地獄
這也是上帝說我的方式。

所有一切都是投機和危險
而我翻滾著把祂推離開了群山與峻巖
但我愈急著把祂推開
卻發現我愈快的到了祂的下面

而這時輪到祂來推我了
我屏息等待著這可怕的分秒瞬間
設若祂不來推動著我，我會憤怒的說：
「祢是哪門子的上帝！」

而後祂推著，而我沉淪　沉淪
當祂最後終於伸出拉起的援手
我用雙臂將祂擁住說：「啊，兄弟
兄弟」……這乃是我們間的方式。

這首短而美的詩，說的是人的沉淪與提升的雙重性，也是人性與神性的轇轕——人們總是不斷的要擴大自己的私欲人性，擺脫崇高的可能性，但當一切的冒險愈來愈變成虛懸在空無中的焦慮與不安時，這時又會呼喊上帝來施救。這是人的矛盾，而正因有了這樣的矛盾，人始有變得更好的可能性。如果人對自己的沉淪也茫然無覺，人和獸又有甚麼差別呢？

桂冠女詩人「性焦慮」的告白

擁抱著走在路上
爲了甚麼原因我已遺忘
而後我們分開，看著
前面的影子——它到底有多親近？
抬頭我們看見鷹隼
帶著殺氣翱翔，我注視著
牠隨氣流掠向西山，投下
影子在泥地上，那無比的
掠食者的影像——
而後牠消失，我則想到
那個影子，那個我們剛才的影子
你擁著我的影子。

這首〈鷹隼的影子〉，出自當代美國主要女詩人露薏絲・葛呂克（Louise Gluck,

1943-）的手筆，她剛剛才被發表爲美國的新桂冠詩人。

近代美國比照英國的制度，而有桂冠詩人之說。但非常値得注意的，乃是過去一、二十年，差不多的桂冠詩人都相當外向，有極大的活動力；因而內向、自省，而且近乎沉默的葛呂克膺選爲桂冠詩人，多少都讓人有突兀之感。可是英美詩壇，尤其是女詩人圈子，則爲她而高興，因爲她在近代女性詩學上其實早已有了極其重要的地位。她出任這個職位，說不定可以喚起人們對內省的、女性的詩學有更大的注意。

對當代女性詩學有理解的，都不可能沒有聽過葛呂克這個名字。她對女性的身體，性別關係，甚至生命的脆弱，代間關係的緊張等，可以說有著一種近乎神祕主義式的敏銳，因而遂有評論家認爲，她所寫的其實乃是一種「人際關係上的荒原」。就以上面這首詩爲例，她由鷹隼的影子聯想到男女關係，不就很有荒原的況味嗎？與此類似的，她在一首〈銀百合〉裡寫道：

白覆蓋著白，月亮覆蓋著白樺
在這轉折的彎道：樹也分立兩側
第一株水仙的葉片，在月光下
閃著青白色的輝光

我們已經走得夠遠了朝向那盡頭
並害怕那個終點，在這夜晚，我甚至
不再確定知道終點的意義，而你啊
不也一樣，當與男子同在一起

而在第一聲喊叫之後
快樂豈不和恐懼相同，都失去了聲音？

因此，葛呂克的男女關係，乃是一種永恆的緊張，甚至情侶的暗夜幽會，在性的歡樂裡都帶著恐懼的陰影。在她的筆下，所謂的「合一」，乃是一種終極的不可能。她的詩把女性性心理那最深刻的受傷害性，很清楚的表現了出來。她有一首〈山梅花〉，就說得更讓人難以忘懷了：

這不是月光，你知否
是這些花
照亮了庭園。

我恨它

我恨它如同我恨性
男子的嘴
封住了我的口，以及男子
僵住了的身體——

而喊叫聲經常逃避掉了
那卑微、屈辱的
兩人合一的前提——

今夜在我的心裡
我聽到了問題並找尋答案
它融合成一個聲音
它升起，升起，而後
裂開進到了過去的我的心底
那早已疲憊了的對立。你是否知道呢？
我們過去一直相互欺騙愚弄。

而山梅花的香氣
則几自穿過了窗櫺

我怎麼能夠停下休息
我怎麼可能滿意
當這樣的氣息
仍然留在世界裡？

愛默生的〈大地之歌〉

「我的和你的
我的　不是你的。
大地恆然
星辰不變——
下照這古老的海洋
老的是崖岸
但何處是長存的老人？
我看盡世間種種
卻從未看到人的永久。

律師的功勞
確認了
限定繼承的資格

對他們　及其子嗣
誰可能眞的成功
未遭失敗
直到永遠。

這裡是一片大地
莽莽的長滿樹叢
古老的幽谷
則是小山和溪流
但何處是繼承人？——
他們已如水沫般無存
而律師　及那些法律
以及王國
則已自此消失殆盡

他們說我是他們的

那些掌控著我的人
但每一個他們
意欲永久停駐，卻都已無存
那麼我在此將如何？
如果他們不能控制我
反而是被我掌握。」

當我聽到這樣的大地之歌
我不再膽大妄爲
我的貪婪也告冷卻
如同欲望掉進墳墓的惡寒中。

上面這首〈大地之歌〉，乃是美國詩人思想家愛默生所作，二〇〇三年是他冥誕二百周年。他的家鄉麻省康考特鎮熱烈慶祝。

愛默生乃是美國超越主義的創始人，推崇自然之善，認爲個人及自然神聖、道德律大過政府，爲超越的最大動力。他和《湖濱散記》作者梭羅，影響美國思想近兩百年，他們主張愛和自然，直到今日仍然有效，對自大貪婪的人，這首〈大地之歌〉應當仍有啓發性。

史耐德的口慾之歌

吃野草的活胚芽
吃各種大鳥的卵細胞

肉質的甜美緊緊裹著
颯颯搖動樹木的花粉

肋腹和大腿的肌肉
來自哞哞低鳴的牛群
羔羊跳躍的彈性
牛尾刷刷搖擺的肌力

吃根部它脹大肥碩
在泥土裡

過生活根據
一簇簇的光線它被織成
在那片空間
它隱藏在葡萄間

吃彼此的種子
吃
啊！彼此

親吻情人的唇進到吃麵包的嘴
一片接著一片。

這首〈口慾之歌〉（Song of the Taste）出自當代美國禪宗及生態詩人史耐德（Gary Snyder, 1930-）之手。對非常重視口腹饕餮之慾的東方人，應當格外有所啓發。

史耐德乃是當代詩人裡，最有東方精神的一個，他曾到過日本修禪，是中國禪僧詩人寒山、拾得的作品被介紹到西方的最主要人物。他把東方的禪學和美國早期的自然詩人愛默生及梭羅相互結合，在自然生態這個寫作領域奠定了一家之言。在這首〈口慾之歌〉裡。它刻意在說的，乃是我們都在拚命享用著各個物種的「種子」——包括芽、卵細胞、花粉（精子）、羔羊、果實等。「種子」（seed）又有「本源」之意。史耐德重視生命化育的激進生態立場已由此可見。可是他畢竟是西方人，對中國人好吃山珍海味以及稀有動植物的這種「口慾傳統」並不知道。我們的「口慾傳統」已使得甚至連魩仔魚都愈吃愈少，廣東人吃果子貍，甚至還惹出了SARS病毒，因此，如果史耐德再寫〈口慾之歌〉，不知道會怎麼寫下去？

心碎的旋轉門

杜賓思（Stephen Dobyns）乃是一九七○至八○年代間竄起的中生代詩人。他的詩辛辣、活潑，而又有著人性上的意義。我最近正在讀他的新詩集《抬棺的眼紅騎馬的》，他的詩以「心」作爲主角，而對人間萬象做出觀照，被評論家認爲是「這個新的黑暗時代的中古教誨詩」。

在這裡，且先介紹這首〈像個旋轉門〉：

心覺得悲哀。它已對做心疲倦
想要變成肺。肺從未缺少
另一兄弟姐妹。它也想變成手指
手指總有一大家子。或變成脾臟
它只會有憤怒，不會有悲傷。
心有時會快樂，怦怦跳動
但古老的故事總會再浮現
痛苦，殘酷，這人間條件。

腎臟永遠不需單獨面對這些問號
而雙眼則能好好的看三度空間
耳朵也能成對的聽身歷聲
心必須到外面去找同伴
去找另一顆心，這個旅程充滿
不確定性。如同旋轉門——
掉進或被趕出愛情。而
背叛啊！心只需要去訊問
那些碎心的書本即會察覺到悲觀之情。
但很快的它穿起新衣一頭奔向
高速公路。它高高掛起鮮紅的情人心
在高竿上俾讓別人觸目即明瞭。
儘管夕日將沉，而濃雲
漸增。掠過的車頭燈照著
它的新襯衫和它有點擠壓出來
的笑臉。灰塵滲進它的髮裡

使它咳聲連連，爲何只有心在胸腔間？
只因希望是個單一條件的課題
無希望，何需移動雙腳？看自己
爲純然的碎片，即心的責任。
讓我們在知道結局前快快走開。
或許一輛車會停下，或許甚麼也不發生。

《抬棺的眼紅騎馬的》是個有趣的書名，隱喻著對生存狀態的不滿和困惑。這本以「心」爲主角的詩集，每首詩都在談一個問題。這首〈像個旋轉門〉說的是愛情，它不正把會使人心碎的愛情，本質上像旋轉門樣的不確定性，清楚的說了出來？而這也是心的宿命！

每個人都有兩種聲音

人無全美。再怎麼像樣的人物，也必然做過一堆蠢事，講過一堆蠢話，寫過一堆蠢文章。

最近翻讀詩集，看到英國詩人史蒂芬（J. K. Stephen, 1859-1892）所寫的這首〈有兩種聲音，只有一種來自深處〉，頓然會心而笑。這首詩裡，說的是浪漫大詩人華滋華斯（William Wordsworth, 1770-1850）。詩曰：

有兩種聲音，只有一種來自深處
它有著暴風雲霹靂般的旋律
忽焉咆哮，忽焉喃喃如海洋變幻不居
或啁啾如風笛，或如睡眠安寧的呼嚕；
另一種聲音則如老山羊般愚魯
嘮嘮叨叨說著無聊的話語
好像在說二加一等於三那麼無趣
也如說草「綠」，湖「潮」，山「陡」一樣馬虎。

華滋華斯，兩種聲音都是你，有時候
你那詩興充沛的心靈往前走
高度思維的形式與壓力因而爆發
但另個時候，老天爺。但願我自己
根本就不懂得A、B、C
才寫不出如此無望的垃圾像你那麼差。

上面這首作品，乃是諷刺詩裡的傑作，全詩十四行，採ABBAABBA，CC，DED的方式押韻，不但生動有趣，而且意蘊深刻。華滋華斯毫無疑問是文學史上的偉人，但他也確實寫過許多被認爲是「偉大詩人所寫的偉大爛詩」。史蒂芬在消遣華滋華斯的同時，卻沒有否定他的偉大之處。尖酸但客觀，否定中也不忘讚賞。這才是評論者應有的態度，也是我們每個人對待別人，尤其是對待大人物應有的標準。

而會寫出這種諷刺詩的，當然也非泛泛之輩。他是近代最重要女作家維琴妮亞・吳爾芙（Virginia Woolf, 1882-1941）的表哥。

英國在十九世紀出了著名的貴族文化世家「史蒂芬家族」。祖父是詹姆士（James Stephen, 1789-1859），他做過殖民部副部長，後來是劍橋現代史教授，他的子女裡有兩個後來都極有成就。

一個是J. F. Stephen（1829-1894），任至高院法官，爲法學史家。本詩作者史蒂芬即他的幼子。史蒂芬出身伊頓貴族學校和劍橋國王學院，畢業後自辦評論雜誌，風光十足，後來被懷疑和當時重大刑案「開膛手傑克案」有關，抑鬱發瘋而死，只活了三十三歲，如果假以天年，必然成就不凡。

一個是Leslie Stephen（1832-1904），爲十九世紀重要思想家。劍橋三一學院教授，維琴妮亞・吳爾芙即是他的女兒。一門不凡，由此可證。

門裡門外的哲學

你是否記得我曾如何敲打這門
如何用力的踢
彷彿我或那門是種壞東西
而後它被打開
我走進
空無一物
唯見星光
片片飛雪

一個空虛的寶座
雪在地板上迴旋
繞著腳跟
藉著某種方法

我們試著要
彼此交談
而試著要
相互對話
對我們已是很久以來的事了
它的碎片在此散落滿地

迴響著我們最後那句話的回
聲：「求
你
求
你。」
在充耳未聞的星光下

你當記得我們
曾在那個房間共舞

我到得較晚而你
則離門很遠
我必須和別人一一舞過
才得以靠近你
但那已很遲了
遲得非任何人所能想像那麼久

薄薄的
飛雪落在
荒廢的門鈴上
照亮了那張椅子
是否我還能改變這一切
而今我是否應當跪下

但卻已不再有門可尋

這首〈一扇門〉，出自當代美國主要詩人默溫（W. S. Mervin, 1927-）之手。任何人只要讀了，都會對它那高度抽象的意蘊覺得感動。它可以被理解爲是在談愛情，也可以被解讀成是在說人與人的相互關係，甚或是在說命運，但「一扇門」這個隱喻，卻也顯然告訴了我們，大家以爲存在著的那扇門，其實只不過是虛擬的障礙，眞正重要的是人們必須心中無門。如果心中有門，則將會發現，打破了門也將毫無所獲。以前有人說，婚姻如牆，外面的人要拚命的闖進去，裡面的人則要拚命衝出來，也可以當作「一扇門」這個隱喻的某種側面來理解。

默溫爲當代美國主要詩人兼翻譯家，他出身普林斯頓大學，語文能力卓越，翻譯過許多法文和西班牙著作，而他的詩，則多半直指人性，有極強的抽象性與神祕性，這首〈一扇門〉，所說的門裡門外，不就很有哲思嗎？

自由，我寫下你的名字

傑出的作家會到詩的金句裡去找書的名字；而最近發生在法國的事，則顯示出厲害的群眾運動家也會到詩的金句裡去找群眾運動的名稱。剛結束的「自由，我寫下你的名字運動」，即是個有趣的例證。

近年來，法國景氣不佳，現任總理拉法漢決定進行「年金改革」，降低福利支出，結果引發一連串的示威。在二〇〇三年六月份一個月裡，巴黎和各大城市的教師、鐵路員工、郵差、醫院員工、稅務人員，甚至藝術工作者，皆一波波的示威不斷，許多大城爲之癱瘓。到了最後，兩個年輕的學生，一個是二十一歲的艾荷（Sabine Ierold），一個是二十四歲的費利亞（Edward Fillias）。他們藉著網路發起反示威，主張「不要被少數工會窒息了國家」，居然也發動出數萬人上街。他們是右翼中產階級的保守派，但卻能被動員起來，運動的名稱取得好，不能說不是主因之一。

「自由，我寫下你的名字」，乃是法國著名詩人艾呂雅（Paul Eluard, 1895-1952）的名詩〈自由〉（Liberté）裡的反覆主題句，該詩全長八十四行，分爲二十一節，每節都以「我寫下你的名字」（J'ecri's tan nom）作爲結尾。它鏗鏘有力，適於朗誦。全詩的首中尾三節分別爲：

在學校的筆記本
在桌上和樹梢
在沙上和雪裡
我寫下你的名字

在抖擻的旅途
在迎風的大路
和人潮滿溢的市場
我寫下你的名字

經由文字的力量
我開始了自己的人生
我生來就已知道你是誰
並把你的名字給了你。

艾呂雅乃是法國一九二〇年代超現實主義興起時的主要詩人，在那個右翼當道的時代，他歌頌自由，反對剝削，認爲自由乃是無羈的天性。在二次大戰期間，他也參加了地下抗德活動。戰後他一直是世界和平之作者，享譽各方。在他那個時代，資方剝削嚴重，他站在工會這一方，主張自由。他大概想也想不到，由於時代改變，他的詩句，到了今天已翻轉了過來，被右派策動使用，當作反對工會及社會福利的理由。時代改變和價值改變之快，實在讓人難以捉摸。

任何東西有的名字都會沾到便宜，人的名字裡，「連名成義」——指姓名本身就有獨特意義的，如「史可法」和「文天祥」就是例證，以前我們說過從名詩金句找書的名字亦然。而今又有人懂得從名詩裡找群眾運動的名稱，因此，誰能說詩不重要呢？

踐踏羞恥的貪欲！

在踐踏羞恥裡付出心靈的代價
這乃是貪欲的作用，它仍在繼續
它是詐偽、兇惡、嗜血、充滿偏差
是野蠻、極端、粗魯、殘酷、無信無譽；
才剛享用即立刻又再不滿嫌惡
追求時超過理性，而不旋踵
其厭棄也逾於常理，有如吞下的毒餌
目的之設定即在讓上鉤者有如發瘋；
它在追求時瘋狂，擁有後還是一樣
擁有、追求、渴望，無一不走向極端。
得到是福，而最後則成了災殃
事先以爲是快樂，最終則一場夢幻。
這道理世人皆知但卻無人清楚：

去閃避這條將人帶往地獄的天堂路。

這首詩是莎士比亞十四行詩的第一二九首，它的主旨是在說貪欲之害。在莎士比亞總計一五四首十四行詩裡，可算重量級作品之一。

十四行詩，顧名思義即可知它是一種計有十四行的短詩體，它最早似乎起源於義大利的西西里島，而後被帶進歐洲。在英國，它於十六世紀初被引進，最先是學義大利體，後來在蘇瑞公爵（Earl of Surrey）的創新下，出現了十四行詩的英國體，它將全詩分爲三個四行，最後則是兩行結句。這種英國體在伊利莎白一世的宮廷裡非常盛行，並因此而被固定下來。莎士比亞即是英國體十四行詩的主要代表人物，他的詩一般人皆耳熟能詳。

這首詩說貪欲，非常準確的將「貪欲邏輯」扼要的描述出來。貪欲是個無底洞，不會因爲上一個欲望得到滿足而停頓下來。反而是欲望一獲滿足，它就變得不再有價值，然後繼續去追求下一個欲望。「欲海難填」的道理，和抽鴉片的道理相同，都會讓人們爲它瘋狂，並變得愈來愈無所不用其極，一切的野蠻、欺騙和殘酷皆由此而產生。而在各種貪欲裡，對權力的貪欲，表現得更是淋漓盡致，莎士比亞在結尾裡稱它是「將人帶往地獄的天堂路」，眞是一語道盡了貪欲的邏輯。

在西方，聖奧古斯丁首倡「原罪說」，將意志驅動下爲惡的可能性定義爲「原罪」，中古時代的修道院後來歸納出七宗死罪，計有懶惰、忿怒、貪欲、饕餮、傲慢、貪婪、嫉妒。在這七罪裡，和意志關係最深的厥爲貪欲，它是邪惡的原動力，因而對它，莎士比亞才會這樣下筆，而讀了此詩，人們又焉能不更加自愼！

不快樂的造夢人

不快樂的造夢人，折掉了翅膀
當高飛於那個我也深愛的快樂觀念世界
高過陽光，也超越
金黃的玉米田，以及親切發光
的溫暖壁灶——你褻瀆了人生的歡樂方向
是否你的驕傲並未配合上天的和諧
你的追尋，亦未對祂守護幽林表示感謝
那是深淵般夜晚令人恐怖的空曠？
啊，高處稀薄的空氣不勝淒寒
我站著看你墜下，在死亡裡被嘲笑
而你遲鈍的心正是致命的暈眩
你呼喊著自稱上帝，或將成爲上帝
我聽見輕嘆來自你傲慢吐氣的水泡
從那自視過高的大海深邃海底。

這是一首極爲優秀的哲學詩，題目是〈一個形上學家之死〉，出自二十世紀唯一的哲學家詩人桑塔耶拿（George Santayana, 1863-1952）。它指出形上學家關閉在自以爲是的觀念世界裡，看起來很高，很自鳴得意，但事實上卻完全脫離了經驗世界，也失去了對上天的謙卑與感謝，因而最後不過淪爲笑柄一場。這首詩最具針砭意義的是最後三行，那自以爲是上帝的，卻從他自己以爲的高處跌進了自視過高的大海，並沉到了海底，而他封閉的自大，則像溺水者吐出的泡沫，它浮起、裂開，發出的都是自我的輕嘆！這首詩以「不快樂的造夢人，折掉了翅膀」破題，的確是筆力千鈞。

桑塔耶拿，是二十世紀重要的哲學家之一，但他畢生寫詩不輟，第一本著作即是詩集，因而更像是個詩人哲學家。他出生於西班牙，由於母親是美國人，而於九歲赴美，唸到從哈佛大學拿到博士學位，並在哈佛哲學系教了三年書，而後移居歐洲，多半時間住在羅馬並逝於此。但儘管如此，他卻始終認爲自己是西班牙人，而他全部的著作卻又都用英文書寫。這種身分上的問題，使得他很難被歸類，美國詩壇也多半不認爲他是美國詩人，這乃是許多詩選不收錄他作品的原因。嚴格說來，他是住在羅馬，以英文寫作的西班牙人，是個「國際哲學家」和「國際詩人」。

桑塔耶拿在哲學上屬於自然主義和批判實在論，有極強的懷疑精神，注重經驗的統整。他在這首詩裡，就已反映出了一部分哲學見解。但他指出人不要被自己的觀念關閉，不要成爲不快樂的造夢人，否則會跌得很慘，這一點對我們還是很有啓發的。

艾卡盧斯的下場

在希臘神話裡，戴達魯斯（Daedalus）和艾卡盧斯（Icarus）父子的故事，許多人都當極爲熟悉。

這對父子乃是技藝超群的工匠，後遭國王囚禁，於是父親用鳥的羽毛和蜂蠟做成兩組翅膀，在飛逃之前，他特地再三叮嚀兒子，不要飛得太高，以免蜂蠟被太陽照得融化。但兒子艾卡盧斯愈飛愈得意，忘了叮嚀，最後因爲飛得太高，蜂蠟被太陽融解，翅膀散開而摔死。這個神話故事可以做很多解釋，但要大家知所節制，不可囂張自得，則無疑是要點。不但爲人行事必須如此，搞政治尤其要切記。對於因爲囂張自得而失敗者，人們可以用「艾卡盧斯的下場」稱之。

對此，美國前代重要女詩人盧姬瑟（Muriel Rukeyser, 1913-1980）用了一種非常雙關的態度，寫了〈等待艾卡盧斯〉這首詩：

他說他將回來與我把酒共歡
他說一切都會比從前更好
他說我們將會變成另一種新的關係

他說將不再對他父親唯唯諾諾
他說他要變成全職的發明家

他說他愛我因而奔向我
他說他要奔向世界和天空
他說每個扣環都非常牢靠
他說他用的蜂蠟都品質最好
他說要我去海邊等他
他說請別哭泣

我記得海鷗與波濤
我記得海中漸漸變暗的小島
我記得女孩子們的訕笑
我記得媽媽說過，發明家如詩人皆廢料
我記得媽媽說自詡發明是錯誤
我記得她又加上一句，愛上那種人更糟糕

我曾日復一日守候，可能更久
我寧願當時自己試過那個翅膀
我一定會做得比他更好。

這首詩，可以從許多角度加以解讀。可以看成是情人的抱怨，可以解釋成男女關係，而我則寧願把它視爲是首政治詩，以及當一個人囂張自得，不知節制後的下場，因而辜負了別人期望。這首詩正適合今天的我們來閱讀！

為何我們竟在這種生命中？

珍．華倫泰（Jean Valentine, 1934-）是我特別喜歡的美國詩人之一。她的作品晦澀、深邃，但悲傷、哀憐，經常是弦外之意多過詩句本身所承載的重量。她的悲傷在於她對這個世界的混沌錯亂和災難覺得不安，遂在作品裡，藉著晦澀，而留下供人思索的「沉默空間」。

「沉默空間」的概念，乃是文學上非常有意義的一種反省方式。在有些時刻，一個社會可能集體抓狂，語言及思想因而混沌一片，這時候，文學藉著「沉默空間」的創造，反而會有反省沉靜的作用。世界不一定要用聒噪對聒噪，有時候也可用「沉默空間」來抵抗聒噪。

在這裡，可用她所寫的一首〈旅程〉作爲注解的例證：

直立於此他們都開始長出皮殼
斑駁如樹，個個在他們
自己的勃然怒氣中，而這怒火
最後消失在裂開的大地上

他們因此爲自己造就了一個地方
它不怎麼好
他們因而沉淪，因而抖顫凍僵
他們之中有些說道
就這樣了，這已是他們全部的最大能耐

而有些則說很好啊，將來有些時候
小孩可以靠近水邊
有些則可以躺下抽菸

而有些則爲偉大目標而燒成灰燼
有些則等待
永遠的，注視著
眼光越過彼此悲憐的肩膀
傾聽

只有一月解凍時才突然有的聲響
或者以某種笑不出來的眼神抓住幾秒鐘
如他們習慣了的

喃喃自語
爲何我們竟在這種生命中

這首詩以人們的自以爲是爲軸，以共同的災難做結，提出「爲何我們竟在這種生命中」這樣的大哉問。這個疑問不正值得人類共同思考嗎？但無論如何，大地會因人的愚蠢自私而裂開，這是不能不警惕的。

遠離瘋狂的人群

遠離瘋狂人群的卑劣相爭
他們清澄的願望從未步入歧途；
沿著冷冷孤芳的生命幽徑
他們走自己沒有嘈音的路。

上述詩句出自十八世紀英國「古墓派詩人」之首的湯瑪士．格雷的名詩〈墓園輓歌〉。該詩全長一一八行，這裡所引的四句是它的第七十三至第七十六行。

十八世紀的英國，產生了一群所謂的「古墓派詩人」，這些詩人的作品常以墓園沉思為主旨，憂鬱但卻每多人生哲理，有了這些「古墓派詩人」，後來才反彈出文學浪漫主義。而格雷即是此派的佼佼者。他的上述詩句，對天下滔滔、不是爭名就是牟利的此刻，應當極具啓發性。

格雷乃是出身伊頓公學和劍橋大學的秀異分子。他的父親是代書，母親則開了一家女帽店。他自己恬淡聰慧，後來成了劍橋大學教授，並以詩終老。由於詩名早著，當一七五七年英國第六位桂冠詩人塞伯（Colley Cibber, 1671-1757）逝世，皇室曾敦請他繼任，但這種世俗的富貴榮華並非他的志趣，因而加以婉謝。他一生除了上課外，幾乎很少離開住的地方，形同隱士，像他這樣的人，縱使全世界也不多見。他同時也是個古物及植物學家。

〈墓園輓歌〉乃是格雷最著名的作品，也充分反映出了他的人生觀。他認爲，人活著，重要的是美德與自在，只有這些才是得與上帝相見的憑藉，因此，千萬別看不起那些平凡而沒有事功的村野凡夫。鄉下人誠然沒有甚麼榮華富貴和諂媚趨奉，但許多我們以爲有聲名的人又如何？許多名聲不過是集體瘋狂所推動出來的，因而遂有諸如一將功成萬骨枯的結果，他不認爲榮華富貴重要，因爲：

歌頌的聲音豈能激起沉寂的灰土？
諂媚奉承又怎能撫慰死者已朽的耳朵？

因此，在墓園裡看著一抔抔的黃土，以及功名利祿的成空，他那種恬淡自尊的生命價值遂告出現。紅塵滾滾，世事滔滔，他所願掬取的，只是那一點點清冽純正、孤芳自賞的自我而已。他沒有太多雄心壯志，但那又如何？在格雷看似不進取的人生觀裡，他那種嚴以律己、恬淡善良的自我要求，其實反而是更大的進取。而這樣的態度，不也是此刻的我們最欠缺的嗎？

無名氏的智慧

讀過漢詩的都知道，我們除了詩詞之外，還有許多與詩詞相近的文類，如「銘」「箴」「贊」「頌」等。它們皆可長可短，但以短爲主。這些文類由於言簡辭精，留下許多千古之作。

而在西方，他們的詩裡也有許多這種極短篇，有些是名家執筆，但更多的則是作者難考的「佚名」之作。我最近在浪漫主義時代的詩選裡，即讀到一首佚名詩，雖然只有兩行，但格局器識不凡：

Great things are done where men and mountain meet,
this is not done by jostling in the street.

（偉大的事在人與群山邂逅時做成，
街頭的爭攘不能讓它產生。）

這首詩乃是典型的「格言詩」，它以金句爲詩，千錘百鍊。雖然短小，卻深意綿長。它所寫的境界，不就很值得今日的我們思考嗎？

我們都知道，人類社會的正面價值有兩個主軸。一個是分配的價值，它追求人間的公平；另一則是超越或昇華的價值，它追求的是人類境界的成長與提升。這兩個價值不能偏廢，但以後者較爲重要。它是一種開創人與社會未來的價值，只有心胸開闊，格局遠大，能夠長線思考者始克臻之。至於分配的價值，則是短線思考居多，它若沒有超越或昇華價值來支撐，很容易就變成一堆人爭爭攘攘，永遠在原地踏步的困境。

而這首格言詩，說的就是這兩種境界：

它的前一行指出，偉大的事乃是視野的顯露。人與群山相遇，只不過是種隱喻式的說法，它的確切意義乃是說，人只有去接觸宏大壯闊的事物，心靈和視野始有可能變得更大。而街頭的爭爭攘攘，所圖的都只不過是眼前的小錢小利。我們不能否認街頭的爭攘也有它的作用，但它不可能讓一個社會變得更偉大和更有前瞻性，則殆無疑義。我們今天的政府，乃是靠街頭爭攘而起家的，他們的視野格局之所以有限，其實早已在這樣的本質中。

也正因此，浪漫主義時代一個無名氏所寫的這首格言詩，值得我們將它默默記誦下來。

走向不是所在之地！

大詩人艾略特在〈四首四重奏〉裡曾有過一段彷彿偈語的詩句：

爲了要抵達你無所知之地
你必須走一條無知之路。
爲了要擁有你不曾擁有的
你就必須取消你的擁有。
爲了要抵達不是你所在之地
你必須走過非你所走之路
你不知道的才是你唯一知道的
而你的擁有正是你的沒有
你的所在則是你的不在。

艾略特的〈四首四重奏〉，主要是在闡釋文明的死亡與新生。由於全詩在於強調死生的互爲辨證，因而詩中遂充斥著各種「矛盾式的修辭法」（Oxymoron），上面這幾個句子即頗有此種況味。但儘管這些句子看來艱澀，但細細的推敲，卻可看出它其實頗富禪機；過去依循著過去的邏輯因而造成衰朽死亡，它的新生因而不是簡單的復活，而是要從另一種完全不同的邏輯裡尋找再生的契機，這也就是從現在的「是甚麼」，走向另一個與現在不同的「不是甚麼」。用目前通行的術語來說，這種邏輯的改變，也就是所謂的「典範轉移」：它指的是當一個根據舊邏輯、舊規格所定的方向已走不下去，就必須尋找新邏輯和新規格，從而設定出新的方向，蓋只有如此，脫胎換骨的新生始有可能。

因此，艾略特的上述詩句，對此刻的我們，應當極具參考反省的價值。近年來，整個世界業已大變，但我們的社會卻始終因著舊的思維邏輯、舊的行爲規格，關起門來玩著舊式的遊戲。由於無視於世界的變化，漸漸的，我們遂注定被世界遺忘。尤其是過去兩年裡，由於種種倒行逆施，情況的惡化更爲加速，到了現在，甚至出現愈來愈多捉襟見肘，各種問題已到了兜不轉的程度。這已顯示出，我們已到了必須走一條從未走過的路的時候了。如果我們仍然繼續泄沓，讓情勢變得更加不堪聞問，或許就眞的會應了艾略特在〈空心人〉裡的另一個詩句了：

——不是砰的爆開，而是一串啜泣！

4 回到詩的純真

他是我的北，我的南，我的東與西
我工作的星期，和禮拜天的休息，
是我的正午，我的午夜，我的說與歌
我以為這愛情將會永遠，但卻全錯了。

——奧登

種子在傷痕處發芽

河水奪走大地，一切不留痕跡
這裡堤岸崩塌
好多項都告失去，所有人們的計畫
也蕩然無存，這震驚的洗刷發生
在那曾經的地方，人們的記憶
也從現在脫離，並漸漸漂去。
這裡曾牛群放牧而樹木挺立
而今空蕩蕩擴大了鳥飛和風雨的天空
如同開闢之前，甚麼都不存在。
人爲的錯誤是原因，而人的
被摧毀則是效應，但這何必緊張
所有的都會失去，無論是甚麼原因
沒有一件曾擁有的，可以永存

即使穩定如大地，也如同花朵
會快快凋謝。沒有甚麼
比得上種子——它是上天清澈的
眼睛，從它那裡一切將會發生。
當不完美離去，完美
開始掙扎著重生，美好的賜予
再次開始繁衍它的子孫，它創造
在一無所有的未造之處，讓水活起
變成雲，讓地表又成濃蔭
它激勵並讓心靈成蔭直到痛苦
察覺它新的可能。沒有甚麼
是可以做的除了學習與等待
重新工作不管殘留的是甚麼
種子會在瘢瘢傷痕處發芽
雖然死亡在這療傷止痛之處
但死亡終將被治癒。

這首非常正面的生態環境詩，出自當代美國主要詩人溫德爾・貝瑞（Wendell Berry, 1934-）的手筆，詩題爲〈地崩〉（The Slip），寫的是他自己的經驗。溫德爾・貝瑞來自肯德基州的農家，後來畢業於史丹福大學，並教過幾年書，但最後仍然看破城市繁華，回到老家種田和寫詩，在生態詩方面成就了一家之言。他的詩多半以自己的經驗，強調自然循環、死亡與再生的道理，用字優雅但直接，有浪漫主義時代的風格。在這首詩裡，他把一切從此發生的種子，譬喻爲「上天清澈的眼睛」，最獲我心。

由這首詩，我們知道有一次他在河岸邊的田，突然因爲堤岸崩塌，土石亂流，而被洪水淹沒，一切努力和記憶的痕跡全部消失。但他可眞是豁達，儘管看著一切彷彿又回到變造之初，但卻由此重新開始，從未造之地再度開始創造，他沒有呼天搶地，沒有大聲疾呼的責怪，這種堅強但達觀的農民態度，在美國這樣的國家，其實已很少見到了。而他這樣的態度，不也是人在遭遇地震和疫病等自然災難時應有的嗎？

我們已熟悉了夜！

最近，讀了一首詩，也被牽引得心裡忽然低沉起來。它是首淡淡的、悲傷的，但又麻痺無奈的詩：

我這人已經熟悉了夜
我走出到雨中——也回自雨中
我走得夠遠比最遠的城市亮光還遠些

我俯視最悲哀的城市巷道
我越過執勤的巡視員
低垂著雙眼，懶得嘮叨。

我靜靜站著讓腳步聲停住
當遠處傳來突然的喊聲
它越過房舍來自另一條街路

但它不足以讓我回頭或說再見
而是更靜止不動在這非關塵世的高度上
唯有一盞閃亮的時鐘陪襯著天邊
認為這個時代已無所謂對錯好壞
因此我遂對夜覺得更熟悉起來。

這首詩的題目是〈已熟悉了夜〉，出自美國主要詩人佛洛斯特之手，相信任何人讀了這首詩，都一定會產生濃烈的或淡淡的無端愁緒。因為這首詩確實說出了近代人的普遍感受。

人們活在現代，儘管看來一切安好，但實實上則是無奈感和無力感愈來愈沉重。世間的一切似乎都被某些因素拖著變化，而個人則只好被動的看著它發展。因而人的疏離、孤獨、無力、冷漠遂告日盛。一種得過且過、無目的性的價值觀因而趨於普遍化。在這首詩裡，「夜」就是這樣的一個隱喻。它讓人痲痺，不再有任何事讓他動容，或回頭去關心。人們只是盲盲或茫茫的走在夜晚的雨中，走向雨中，也從雨中回來。「夜」除了隱喻這種茫然不清的狀態外，當然也指涉著是非對錯的日益混淆。在這首〈已熟悉了夜〉裡，單單由題目，就已把現代人的那種荒涼之感做了最好的表白。人們之所以已經熟悉了夜，是因為整個時代本來就是黑茫茫的夜啊！

把手機關掉後

自從手機普及之後，人手一機，漸漸的它成了人的一部分，彷彿沒有手機就不會過日子一樣。而就在最近，看了許多有關手機文化的研究和報導。有些學者指出，手機會造成人的「多話」，以及只和固定幾個人交往的「死黨認同」。還有學者危言聳聽的說，手機會造成兒童「社會化」的遲緩。原來手機並非那麼萬能。

而就在幾天前，在《國際前鋒論壇報》上讀到一位印度作家所寫的散文〈學著在沒有手機時去生活與愛〉。這真是一篇很精緻的文章。有一天，他的手機突然當了，這可不得了，害怕一切都會被耽誤。但一個星期下來，好像也沒那麼嚴重，許多必須的事重做了安排，他無聊的騷擾別人以及被別人騷擾因此而消失，他做事更用心而有效果，也更珍惜聽別人訴說的機會，反而活得好像更豐富了一點，文章最後他寫道：「我決定不要那麼急著去換個新手機。」

這位印度作者當然不是反對手機，他只是指出一個文明過程中的道理。那就是一種新工具在帶給別人方便的同時，也剝奪掉了人原來的某些東西。開慣汽車的人就不會走路，也失去了只有走路始可體會到的事與物；用慣手機，只和固定幾個人絮絮叨叨，和陌生人的交往能力就會衰退。這位用慣手機的作者在手機壞了後，反而意外的有了許多收穫，這等於提醒著人們，對各種新工具還是多一點反省才好。

而論這種反省，大詩人奧登的那首名詩〈喪禮藍調〉。他是個非常「古風」的人，據說他一輩子都拒用電話。他對整個近代文明都非常懷疑，認為人的異化、淆亂、孤獨都由此而產生。他所謂的「喪禮」，其實並非眞正的喪禮，而是一種隱喻，指的是人的自我失去。他在這首詩裡寫道：

停掉鐘，切斷電話
讓狗別再為那肥腴的骨頭而喧譁
讓鋼琴靜默，鼓聲停住
抬出靈柩，哀悼者進入。

讓飛機在頭頂哀傷的繞巡
潦草的在天上寫出「他死了」的短訊
給外面鴿子的白頸用縐紗領結圍繞
讓交通警察戴上黑布手套。

他是我的北，我的南，我的東與西
我工作的星期，和禮拜天的休息，
是我的正午，我的午夜，我的說與歌
我以爲這愛情將會永遠，但卻全錯了。

而今已無需星辰，將它每盞皆熄滅
把月亮打包，把太陽拋卻
抽乾海洋，掃除樹木
因爲啊，沒有甚麼眞能帶來幸福！

或許有人會說不知道奧登這首態度激烈的詩在說些甚麼，但事實上卻不難理解。他眞正要說的是，人要依靠「外在」的一切而存在，終將成爲不可能，因而必須努力的以「眞實的個體」爲目標，只是這樣的境界卻未免太難了。

大海的死亡漩渦

前代美國主要女詩人瑪莉安．穆爾（Marianne Moore, 1887-1972）曾寫了一首〈一座墳場〉，你以爲她是在寫墓園嗎？當然不是，她寫的是海洋。在她的筆下，「大海不賜予甚麼而只是挖就的一座墳場」，像她這樣寫大海的，殊不多見。

這首〈一座墳場〉擺脫了十八世紀之後，以「壯美」（sublime）觀念爲主的「海洋書寫」方式。她沒有寫大海的波濤千嶧，洶湧萬狀；沒有去寫海底世界的奇幻美麗，深邃難測。大海的兇險、孤獨、征服、離愁，曾留下許多傑出的詩作，但穆爾女士所想到的，卻是它的吞噬。她的這首詩有點難譯。她寫的大海「是座墳場」，大海「是個蒐集者，時常快速的露出貪婪的面孔」。海岸邊高聳的樅樹，對此無言；人們對大海吞噬所表現出來的悲憤，也在時間裡腐朽無存。詩的最後如此寫道：

鷗鳥疾掠，如往常般鳴叫
而烏龜在峭巖下移動，對著高處發怒
大海在燈塔及鐘聲聒噪的起伏間
漲落如昔，彷彿它不再是那

凡掉進的皆必沉到底的海洋——
它翻滾漩轉，是自然而非有意。

穆爾女士的這首詩，沒有壯觀淒厲的描寫，而是用靜觀萬物的角度，講出大海無情，凡掉進的皆被吞噬被沉底的道理。大海這座墳場，和綠樹參天，鳥鳴聲聲的墓園相同，在靜謐的外觀下，有誰知道它被埋進了多少世間的惘然甚或不幸？

由大海是「墳場」、「蒐集者」的意象，很自然的想到每次空難船難的場面，它們都掉進了大海的墳場。許多沉進了漩渦的底處，將永遠的消失。

而由穆爾女士的作品，也就讓人想到美國天才早夭大詩人哈特．克萊恩（Hart Crane, 1899-1932）在〈造訪梅爾維爾之墓〉裡的那四行有關大海「死亡漩渦」的意象，那四句是：

而船骸消失沒有齊鳴的鐘聲
死亡賜予的花萼還回了
四散的篇章，慘灰色的象形字
貝殼螺紋裡警示的創傷。

這四行詩句，表達的方式轉了好幾個彎，不是那麼易懂。耶魯大學教授布魯克斯（Cleanth Brooks）在《詩之理解》一書裡，倒是對此做了很好的解讀：當船難發生，船骸在沒有喪鐘下，形成花萼形狀的漩渦而被吞沒，而當漩渦消失，從那裡，各種碎片像被吐出來一樣的冒起。它狼藉一片，彷彿偌大海面上被寫上一層難解的象形文字，注解著這個不幸的事故。而這惡兆般的信息，或許將會沉入到貝螺的旋轉形紋理中，將來人們撿起貝殼，貼耳傾聽，或許會依稀聽到那創傷在迴響。哈特．克藍乃是天才型的大詩人，三十四歲即在搭船時，從甲板上跳海自殺。他的「死亡漩渦」意象，那是天才想像的結晶。這四行名句，很可以和看了《鐵達尼號》的印象相互參證。

大海無言，吞噬並沉沒一切掉進了它漩渦裡的東西，由兩位大詩人的作品，讓人的慨嘆更深了！

雪景和笛聲的九種變奏

冷雪上浸潤的笛聲
如同白茫茫裡的琥珀亮光

襯托著划過的鐃鈸聲響
彷彿在綠底抹上黃色
玎璫的冰柱也成了串串琥珀

高士端坐瀑布下
聆聽著笛聲的賜福
而水聲嘩啦
如一匹撒下的白練

椰子樹葉在風中嘶嘶作響

它纖維所做的琴弦被弓背擦過
它的氣韻終究莫若
風吹竹叢
在悠悠的笛聲中

松香
在皚皚白雪中浮動
但它卻無法比擬
踩過雪地的沙沙聲響
在笛聲的悠揚中

如同水龍的輪廓
用如何的亂針也無法繡出
以一管短笛
也不能表達心境那清晰的界限

夏天的笛聲有如冰涼的流水
而在冬天它卻變得溫暖慇懃

而在霧靄裡，笛聲淒清
與雪中之笛成了對比

這即是比較
隨著不同的條件而變化
如同陽光讓青苔更綠
而冰雪讓笛聲更成熟。

這首〈中國冬景的九種變奏〉，出自英國當代詩人湯寧遜（Charles Tomlinson, 1927-）的《一九五五至九七詩選集》。當我讀到這首詩，一下子就被吸引住了，遂趕快將它譯出。湯寧遜曾任英國布里斯托大學教授，詩是他的興趣，古典翻譯才是他的專長，他也是《牛津版外國詩英譯選集》的編者，由他能受命編這樣的書，其學問功力自不待言。

湯寧遜在當代詩人裡，以客觀描述見長，他曾說過：「寧願做鳥，而不要做觀鳥人。」這是一種以客體爲尊的態度，藉此以排除由於人的主觀性所造成之偏差。在這首詩裡，他以中國的雪景與笛聲所組成的畫面，深深掘發出它的九種想像，將情境的辨證意涵做出了多角度的展開，他的觀察細密，這首詩純屬佳作，也讓人們對「意義的開放性」這個課題多出了新的理解。

「狗日」的熱風景

在古代的曆法裡，夏至後的三十天爲「三伏天」，每伏十日，指整整一個月裡都酷熱難當。此刻我們就已到了三伏季節。

而在西方，這種大熱天被稱爲「狗日」（Dog days），乍聽之下，對這樣的名稱難免覺得驚奇。但若細究，則可知它其實很有道理。古羅馬的星相家認爲夏日酷熱，乃是「大犬座」（Canis Major）升起所帶來的。天狼星即是這個星座最亮的星，因而將這個節氣稱爲「狗日」（canicularis dies），再加上後來中古時期夏天多狂犬，「狗日」這個名稱更被強化，因而一直稱呼到現在。

而論「狗日」，就讓人想到當代愛爾蘭主要詩人德里克・馬洪（Derek Mahon, 1941-）所寫的這首〈狗日詩〉。馬洪出身北愛爾蘭，享譽歐美，後來遷至愛爾蘭的都柏林，乃是當代愛爾蘭頂級詩人之一。這首詩雖然甚短，但卻饒富深意：

當你停止思考
這些日子而一逕夢想著未來
並認爲，啊，這就是我的人生。

而時間長得很啦——
從清早牛奶車的第一個鈴聲
到夜晚最後一聲喧譁。
一種永恆。但卻一週週過去
如飛鳥。同時也一年年
急速掠過，以逆時鐘的方向
如同酒吧間鏡子裡倒映的指針。

這首詩很短，但卻言淺意賅。我們都知道愛爾蘭人無論男男女女，都喜歡到酒吧間打混。在酷熱的「狗日」，人人慵懶，不想做任何事，只到酒吧消磨空談，醉眼惺忪的瞪著吧台鏡子裡對面牆上時鐘的投影，時間飛逝，但感覺上卻好像愈活愈回頭了。大熱天，人們慢吞吞的虛耗著時間，以爲那就是「永恆」，而事實上，則是時間更快的在慵懶中飛逝。這首詩講「狗日」的倦怠，但從另一層看，卻也未嘗不是對愛爾蘭酷夏酒吧裡的人滿爲患，浪費生命做出批判。

「狗日」到來，全球都熱如火爐，歐洲早已熱翻，台灣亦不例外。眞是好熱的天氣啊！

呼嘯冰雪暴！

天候異常，地球的北方愈來愈冷，冬天的大規模「冰雪暴」（Snow Storm）呼嘯，中歐以北的地方已有千百人凍斃。

「冰雪暴」是北國極酷寒之地的嚴冬風暴，冰雪和狂風連袂而至，勢若奔馬，不但摧枯拉朽，氣溫也降至零下二、三十度或更低。當代作家普洛兒（E. Annie Proulx, 1935-）在長篇小說《船訊》裡寫紐芬蘭的「冰雪暴」最爲壯觀，它疾若雷電，甚至連岩石都會像被鋼刀削過一樣，露出猙獰的切面。

「冰雪暴」極其可畏，但就像中國詩人寫大雪一樣，他們穿得暖暖的望雪，只看到雪花片片的美景，再加上諸如「瑞雪兆豐年」之類的想像，這是隔了一層看雪，像唐代杜荀鶴會寫出「擁袍公子休言冷，中有樵夫跣足行」這樣的句子，就格外的難能可貴了。西方有關「冰雪暴」的詩亦然——隔了一層的寫景寄情爲多，對冰雪暴肆虐的關懷則少。十九世紀美國大詩人愛默生（Ralph Waldo Emerson, 1803-1882）寫〈冰雪暴〉，即完全著墨於連番風雪後的景象；畜欄屋簷掛滿冰柱，好像一圈大理石花環，有的小棘叢則被冰雪覆蓋，看起來像隻天鵝，農家的巷道被雪擠滿，而大門口則多出了好幾座冰塔。因而愛默生遂曰：

它留下——在太陽升起前，驚奇的藝術品
模仿一磚一瓦慢慢做成的結構
那需要許多歲月，狂風雪則只一夜
即有了這淘氣玩耍的建築。

而十八世紀德國早夭女詩人赫爾蒂（Ludwig Holty, 1748-1776）寫〈冰雪暴〉，由這一段亦可看出它的隔了一層：

嚴寒的冬季
仍有許多魅力；
我愛這冷颼颼的問候
和冰雪暴狂怒的咆吼，
以及溫情的欣歡
在一個個長長的夜晚。

而寫冰雪暴寫到悸慄程度的，大概要算十九世紀美國東北部佛蒙特州的詩人伊斯曼（Charles G.Eastman, -1861）了。他有一首很長的敘事詩，講冰雪暴來襲，一個農人迷途在冰雪暴中，最先是他的牝馬不支倒地，接著他也垂垂待斃，只有追隨的忠犬徹夜長狺，最後全都在冰雪暴裡互擁而死。長詩以這樣的畫面結束：

在避風樹幹邊凍死已久
這人來自城裡——
他腳上仍套著雪鞋而身旁有忠狗
和漂亮的摩根種褐色良駒
在這廣袤無邊的冰雪荒漠
他的帽子仍在而手還抓著韁繩
狗鼻緊緊貼著主人的腳跟
死馬則一半埋在堅硬的冰雹裡
牠在這裡不支倒地。

請對動物多仁慈！

這首〈對動物的殘忍有感〉，篇幅極長，但因它相當重要，特勉力譯出，詩曰：

羞恥啊你們野蠻的高貴人
傲慢的獨佔著一切理由
羞恥啊你們這些創造的主宰
兇猛而雙手染血的暴君
你們是甚麼樣的人啊，不知饜足
貪渴、病態和不倦怠
爲何要驅使及用皮鞭
把悲苦加於其他生命？
爲何，永不滿足造成痛苦及死亡的罪惡
對那些給你舒適服務的卑愚牲畜
仍要惡意的施加折磨？
你們這些造物主敗壞的後代

已輸掉你們的全部——
豈能對已在枷鎖裡受苦的奴隸再施折磨？
萬靈之長的讚美歌聲讓樂器都感不安
自然界原本即傾軋喧囂
豈能更拉緊它的音弦？
大自然的反叛者，你們高築堡壘
讓自己和奴隸們同在一起
在這有如圍城的世界又豈能如此兇殘？
你們這些自稱的高等人已一再扭曲
用恨的方式來表達愛
眞羞恥啊，要仁慈對待被毀的禽牲
大地及它的一切都詛咒著你們
大地及它的一切都在你們的殘忍下呻吟
除你們自己外，一切生命都是見證
地上、天空及海裡哪個生命不在指責？
從被矛槍所刺的大象到田裡的地鼠

從魚叉下的鯨到瓶罐裡的小魚
從空中哀叫的信天翁到網罟裡的鷓鴣
從飛蛾、蕾絲翅膀的蜻蜓到瓢蟲蚊蚋
所有的受害者皆無名並體驗過你的殘忍
狗，這謙卑的朋友，牠誠實可信
驢，這無怨的僕人，從早到晚操勞
羊，溫馴的兔，勤奮的牛
在淺灘陽光下翻騰的鱒
在枯樹上飛躍的鷓鴣
被追趕的麋鹿，路上的蠕蟲
以及因被捉而憔悴的野鳥
所有的這一切只發出共同的悲聲：
人眞是殘忍的主宰。
而確實，牠們皆屬於你們，被你們所用
牠們是滿足需要的贈禮
但總應該懷著感恩並仁慈的使用

感謝上蒼及祖先

並對爲你們受苦者多仁慈

要吃肉，但勿任性的屠戮

要負重，請在人性的範圍裡

要奢侈，可千萬別加以折磨

要拖拉，請考慮牠們的力氣

狗不會爲自己的權利說話

也不會爲免除奴役找理由

對牠們的憤怒咆哮不容輕輕略過

而要把牠不應得到的鞭打放棄。

受苦的牛不會抱怨，不會祈求休息一下

筋疲力竭的馬說不出辛苦

但牠的噓噓氣喘已顯露一切。

當冬天，牠們因長期苦勞而虛弱

若忘恩負義，則牠們更被冷落

看啊，牠們饑餓虛弱，眼中卻是淚珠

皮膚則整塊潰爛，因負重而步履蹣跚
牠們年邁僵硬，力氣耗竭而虛脫
痛苦映在臉上，因爲過多的負擔；
而到最後，致命的一擊會加於牠們
粉碎了牠們生命的琴弦
這善良慷慨的牲畜終於死去！
難道眞無人爲牠們說話？
沒有法曹爲這些主持公道？
聽不到捍衛的聲音，對迫害者沒有譴責？
啊，那被折磨的悲哀眼神即是陳情
啊，天上的法官也爲牠們的痛苦而站起
對大地的悲憐會讓詛咒降臨這些殘酷
邪惡的髮指行爲會得到該有的懲罰
悲憐天使不會支持，而是走到相反方向
祂不會流下眼淚，對那被詛咒的殘酷人！

這首實在有點長的詩，出自十九世紀英國詩人圖柏（Martin F. Tupper, 1810-1889）

之手，他出身牛津，乃是當時的多產作家兼詩的推廣家，在這首人們一讀就可發現他實在非常憤怒的詩裡，其中有許多觀念都和近年來的「動物權」相近。對動物應仁慈，在我們這個流浪狗和流浪貓滿街的地方，不是更應倡導嗎？

「蛇」與「玩蛇」的隱喻

「玩蛇的人」這個隱喻，在近代西方詩學裡，佔有重要的一席之地。表現得最徹底而沉痛的，當屬法國傑出詩人賽南（Paul Celan, 1920-1970），他的經典名詩〈死亡賦格〉，說的是納粹集中營浩劫，其中這樣的句子就多次反覆出現：

他對我們派出獵犬他讓我們在空中造墳

他玩著蛇並夢想死亡是德意志的主宰

在這裡，「空中造墳」指的是集中營焚化爐焚燒人體所冒的濃煙，有如把墳墓建在天空。而「玩蛇」，則指納粹煽動起德意志人民的種種邪惡念頭與行爲。蛇在《聖經》裡是撒旦的化身，「玩蛇」當然是指比「玩火」更嚴重的邪惡。

賽南乃是出生於東歐澤洛維茨（Czernovitz）這個地方的猶太人。這個地方最初屬於奧匈帝國，第一次世界大戰後，割給了羅馬尼亞，第二次大戰後則又劃給了俄國。由於那裡猶太人極多，納粹時代有大批人被送進了集中營，他的父母即在集中營內死亡，而他自己後來被關進勞改營，僥倖逃脫，入籍法國。由於生命的苦難，他的詩都寫得非常恐怖和沉痛。一九七〇年，他由於不能忍受「痛定之痛」而自殺，結束了那不堪負荷的生命。

賽南由於生命的苦難，對「玩蛇的人」——納粹所煽起的邪惡，做出悲痛的指控。這就讓人想到另一位奧地利天才苦命及短命詩人特拉克爾（Georg Trakl, 1887-1914）了。他高度感性而脆弱，第一次大戰的可怕經驗，使他對腐朽、死亡、邪惡等有著難與其匹的洞識，最後只得逃避，利用麻醉藥來紓解痛苦，並因服藥過量而死。儘管天才早夭，死時才二十七歲，但他那德奧表現主義的風格，卻影響深遠。德國思想家海德格甚至還寫了多篇論文來談他的作品。在他的作品裡，「蛇」與「玩蛇」乃是重要的意象。他用這樣的句子來說人的被詛咒……

一窩猩紅色的蛇
懶散的盤踞在牠們那被掘開的窠中

特拉克爾的詩皆深邃而譫狂，與他獨特的感性與知覺方式有關。對他而言，「蛇」與「玩蛇」，乃是罪惡的操弄與被操弄，當人們的惡念被勾引出來，那就意味著人的被詛咒，當然也就遠離了神聖之境，而只好在茫茫濁世漂泊。

無論特拉克爾或賽南，他們在二十世紀詩人裡，都因受苦而對邪惡有著深沉的理解。這也使得他們對蛇的意象有著極佳的掌握。此刻的台灣，我們有人在玩蛇，並勾引著每個人心裡潛在的蛇，在這個惡念滾滾的時候，我們又怎能不強化道德力量的抵抗意志呢？

黑面琵鷺之死有感

黑面琵鷺在台灣的旅程是場災難，牠們萬里迢迢，攀山越海的到來，但卻孤寂的一一喪命沼澤間。這是多麼悲慘的故事，牠們再也回不去北方的家園。這些不幸者，在牠們垂死的瞬間，那最後一抹嘆息是甚麼？

黑面琵鷺在異地的台灣一隻隻的死去，就在為牠們慘惻之餘，我們也該警覺到，牠們其實是被我們謀殺掉的。當我們永續生存的環境在惡化中失去，今天死亡的是黑面琵鷺，而有誰知道正在慢慢死亡的不是人類自己？脆弱的鳥類、魚類先在受害中死去，讓我們等著看自詡萬物之靈的人類又能強健到幾時？在為黑面琵鷺悲憐之際，或許我們也該為自己的下場多一份憂心了。

看著黑面琵鷺之死，就想到波蘭諾貝爾詩人辛波絲卡（Wislawa Szymborska, 1923-）所寫的這首〈從上往下看〉。她寫看到一隻甲蟲之死的感受：

爛泥路上躺著一隻死甲蟲
三對小腳爪緊貼在腹前
沒有死亡的混亂，而是清爽井然

觸目所見的驚恐因而變淡
牠範圍很小，只在周圍的雜草間
悲哀不會傳染擴大
天空藍得湛然。

對我們平靜的心，牠的死顯然不重要
蟲獸並非逝世，而只是死掉
失去，我們認爲，沒甚麼自覺和要緊
離去，我們也以爲牠不怎麼悲劇
牠卑微的小靈魂不會在我們夢中縈繞
牠們保持牠們的距離
知道自己卑下的位置。

因此路上躺著一隻死甲蟲
當太陽照來牠發不出悲傷的光亮
看著牠也同時顯露出我們的思想

看來沒甚麼重要的事在牠身上
重不重要必須由我們決定
只有我們的人生，我們的死亡
才會被硬說成是件事情。

辛波絲卡的這首詩裡，用一種嘲諷的心情來看待人的自以為是和對鳥獸蟲魚的漠然。但人眞的是萬物之靈嗎？或者，我們眞的配得上萬物之靈這個稱號嗎？

遛狗的情趣！

許多人都有養狗遛狗的經驗，但寫成詩的卻殊不多見。近讀美國詩人尼梅羅夫（Howard Nemerov, 1920-1991）的晚期詩集《詩句集》（*Sentences*），有兩首遛狗詩，對遛狗的意趣頗能發揮。

其一較短，題爲〈儀式〉：

寒冬清晨五點小獵犬和我
走出廚房門在雪中撒尿
我們一向都正視這檔事
牠是小狗總是把我叫醒外出

我們讓自己的黃液和雪的白混合
在如輪運轉的星空下以潑濺打破沉寂
月色黯弱的照向下方，
在獵户和昴宿座的中央。

另一首〈遛狗〉（Walking the Dog）較長，詩曰：

兩個不同的世界蹓躂過街道
以愛和狗皮帶相連，別無其他
多半我都仰頭從葉縫間看著路燈
而牠則高翹尾巴埋著頭躑躅而行
牠透過鼻子掌握某種祕密知識
那不是我的眼睛所能比擬

當牠在小樹叢邊狂奔時我們駐足
直到我不耐煩再耗下去
才把牠拉開，這就是我們的關係
一種耐心的平衡，這邊拉
那邊拖，一對共生體
以不管對方怎麼想而覺得滿意

而我們的共通點則是牠所教的
我們對撒尿的樂趣，我們深知其道理

從新而臭的狀態，遵循自然的方式
流到街下而後消失在雨中
或在灰土中乾掉被風吹走
我們遛過街道一路回味著這種況味

牠的感覺靈敏遠勝過我
當牠發現某個正確的地方
就做出急切狂嗅的動作
然後繞三圈、蹲下、上大號
而後我們都很有尊嚴的回家
俾證明我寫的這首詩誰才是老大！

尼梅羅夫出身哈佛，二戰時為戰鬥轟炸機駕駛員，戰後進入華盛頓大學執教並寫詩和小說，曾獲美國書卷獎、普立茲獎，也膺選過美國桂冠詩人。他的詩集全部由芝加哥大學出版部出版。他的詩多半簡潔凝練，時有反諷意涵，而且多思想高度，他把人狗一起撒尿視為一種共同的儀式，又把遛狗時人與狗的互動，寫得那麼有趣，顯示出人與狗之間那種微妙的耐性平衡，凡是有養狗遛狗經驗的人，看了這兩首詩，都當會發出會心的微笑吧！

人與蚊的陰險遊戲

目前的台灣，由於一切都政治，非政治之事也就在疏忽中惡化，其中最嚴重的即是登革熱，雖然天氣漸涼，登革熱仍無消退的跡象。

而論及登革熱，當然就必須談到媒介的蚊子了。牠是一種狡猾的昆蟲，比狡猾的政客尤有過之。牠彷彿像風一樣來去無蹤，躡手躡腳的向人潛近，而後伺機刺入，饕餮的吸血，留下小小的斑點，讓人癢痛或沾染上病媒。蚊子是一種幽靈，一種卑劣的闖入者，人們都對牠束手無策，尤其是到了近年，牠的抗藥性愈來愈強，很難用殺蟲藥置之死地，蚊子也就愈來愈厲害了。

而論蚊子，則必不能疏忽了英國文豪D．H．勞倫斯（D. H. Lawrence, 1885-1930）所寫的那首名詩〈蚊〉。這是一首帶有諧謔風格的長詩，多達七十餘行。在詩裡，他非常細膩的描寫蚊與人所玩的「陰險遊戲」，但最後人還是拿蚊子沒辦法。因而他遂感慨的說道：

我是否眞的無法打敗你？是否單單一隻對我們就已太多
你這帶著翅膀的勝利者？

是否我「蚊子化」的程度不足
以至於不能克服你蚊子一族？

D．H．勞倫斯在詩裡將蚊子擬人化。詩中指出蚊子以高高的站立，讓重心被抬高，使得牠停在人身上時恍若無物：

是否因此你遂將重心抬高
當降落身上時比空氣還輕
無重量的你，你這幽靈？
我曾聽說有個女人稱你爲「有翅膀的勝利者」
在沉悶呆滯的威尼斯
你回頭看著自己的尾巴，陰陰的笑著。

此外，詩裡還有許多個動態的段落，會讓所有的人發出會心的微笑：

你的周遭到底有著甚麼樣的氛圍
你這小小的邪惡精靈，窺伺、螫入
將麻痺給了我的心。
這是你的詭計，一種卑鄙的魔法
看不見的，麻痺的力量

讓我無法注意到你的方向。

我痛恨你緊急斜飛而去
當你察覺到我的思想。
詩裡最堪反芻的是這一句：
Am I not mosquito enough to outmosquito you?
這一句我只好勉強將它如此翻譯：
是否我「蚊子化」的程度不足
以致於不能克服你蚊子一族？
因爲在這裡，詩人已不是只談蚊子了，而是將「蚊子」變成了形容詞和動詞，它與「陰險」同義。人不能打敗蚊子，乃是陰險的程度不及。但爲了打敗陰險，而必須變得更陰險，這又值得嗎？

海豹的高貴死亡

羅伯·布萊（Robert Bly, 1926-），乃是當代美國詩壇領袖人物之一。他雖然出身於哈佛大學，但一直住在明尼蘇達州的鄉下。他是當代少有的曠野詩人。他詩風自然而深沉，對意識的反省和對自然的思索，都別具一格。近年來，美國「深層意象詩派」（Deep Image）的興起，即受到他的啓發。

除了詩學造詣精，在美歐各地從事詩的活動外，他也是美國主要的公共知識分子，對各種公共議題表示意見。一九六八年他獲美國書卷獎，當即把獎金捐給反戰團體，其特立獨行，由此可見。

最近，讀了他的《當我死去會失掉甚麼？》散文詩集，其中有一首〈海豹之死〉，很值得引介：

北行走向岬角，遇見一隻死海豹。只有幾呎之遙，彷彿像根褐樹幹。牠肚腹朝天，似乎剛死不久。我停下看，牠的死軀突然一陣抖顫，老天，牠並未死去。我大受驚嚇，像住家的牆壁倒塌一樣。

牠的頭後仰，細眼緊閉，頰鬚上下抖動，正在死亡中。牠的背上都是油漬，那種住家暖氣機使用的燃油。風將細沙吹向大海。牠靠近我的鰭足蓋著牠的腹部，像未長完全的手臂，邊緣都沾著沙粒，另一個鰭足則半壓在背下。牠的皮膚像是陳舊的外套，到處都是裂痕，可能是海邊牡蠣尖殼刮傷所致。

我靠近輕觸，牠突然昂起翻身，發出三聲啊哇，啊哇，啊哇，像耶誕玩具的聲音。牠撲向我，我嚇得急忙倒退，儘管知道牠沒有牙齒。牠開始噗噗的向海洋移動，但兩三下就力竭倒下。牠並不想回到大海，牠抬頭望向天空，像是沒有了頭髮的老婦，牠將面頰埋向沙灘，重新調整鰭足，等著我離去，於是我走開。

第二天我回去和牠說再見，牠已死了，但不。牠距海已有四分之一哩那麼遠。更瘦了，肚子朝下，頭向外，瘦骨嶙峋，皮下的脊椎根根可見，泛著光，牠仍在呼吸。一波海浪湧來，碰著牠的鼻尖。牠轉身看著我，斜眼睇視。牠的頭頂像是小孩皮夾克掛在腳踏車手把上那樣。牠的死亡還會等很久。頰鬚白慘慘像豪豬身上的刺，前額下斜。別了，兄弟，在海浪聲中死去，原諒我們殺死了你。願你們這一族永存，你們在海中安樂，陸上則受苦。而今你自在的走向死亡吧，當沙粒從你的鼻中排出，你將游過純粹的死亡這條長彎路，如同以前你遇到危險即急速下潛一樣。你不要讓我觸摸，我爬過峭壁，走另外一條路回去。

羅伯．布萊的這首〈海豹之死〉，寫海豹尊貴而又孤寂的面對自己的死亡。這是他將自己對死亡的態度移情到了海豹身上。死亡是生命最後的一個程序，也是最後的儀式，它必須在自我高貴的期許中被完成。布萊是在寫海豹嗎？不，他是在說自己！

啊，都是憂鬱，都是憂鬱

台灣的憂鬱症已到了驚人的程度，單單過去兩年，台北市醫療院所的診斷，罹患憂鬱症者即達九萬六千多人。其次，目前自殺已成了青少年第三大死因，而四分之三自殺者皆患憂鬱症；另外，最近的調查，青少年的憂鬱指數，也攀至新高。啊，這眞是憂鬱的時代！

現在憂鬱當道，就讓人想到詩歌裡的憂鬱。在西方，自從亞里斯多德視憂鬱為文藝創造的動力之後，一直到十八世紀，都仍有許多詩人把憂鬱看成是創造者的特徵。例如：十八世紀英國古墓派大詩人格雷，以及浪漫主義的先驅詩人考柏（William Cowper, 1731-1800），他們都有極嚴重的憂鬱症，因而遂將憂鬱的層次拉高，格雷在〈墓園輓歌〉裡有這樣的句子：

他把眼淚給了悲傷，那是他的全部
而如所願的和上天成了朋友。

而頗具神祕主義風格的考柏，則把憂鬱的人生比成了弦線已鬆的豎琴，只有藉著與上天合一，始能奏出新的樂音。他在〈退休〉裡有句：

一萬，一萬根琴弦剎那鬆散
直到祂，以祂的大能來調整還原；
受傷的靈魂從未感受過如此的痛苦
而它無藥可救，直到天主讓它恢復。

不過，從十八世紀開始，由於時代的變化，將憂鬱美化的觀點漸漸成爲過去。許多大詩人都寫過談憂鬱的詩，而且都掌握得非常精準。例如浪漫大詩人柯立芝（Samuel T. Coleridge, 1772-1834）在〈憂鬱〉一詩裡如此寫道：

一種沒有劇痛的悲傷，空無幽暗荒頹
一種怔忡、窒息、麻木的悲苦
它找不到自然的出路
或發洩，靠著言詞，或嘆息，或眼淚。

而法國的波特萊爾（Charles Baudelaire, 1821-1867）寫過一系列論憂鬱的詩，他說憂鬱給了我們一個「比夜晚還要悲哀的黑暗白天」。他從憂鬱的氛圍裡想到了死亡：

一長列柩車沒有鼓樂相送
緩緩穿過我的靈魂，希望已潰敗哭泣
而殘忍暴虐的苦痛

則在我低垂的頭上插下了死亡的黑旗。

到了近代，憂鬱症日趨普遍，罹患憂鬱症的詩人，對憂鬱已愈寫愈直接。因爲產後憂鬱症而最後自殺的美國女詩人塞克絲敦，在〈通往死亡的病痛〉裡，就這樣寫她憂鬱發作時的狀況：

因此，我噬著自己
一口又一口
而淚水洗著我
懦弱的一波接一波
並大口大口吞嚥著心靈的爛瘡。

因此，在這個憂鬱症已愈來愈嚴重的時代，詩人寫起憂鬱來已和過去大不相同。憂鬱以前還帶有一點點浪漫或神祕的色彩，但誠如當代理論家蘇珊・桑塔（Susan Sontag）所說：「憂鬱扣掉了它的魔力，就只剩挫折沮喪。」現在人寫的憂鬱，表達的遂都是挫折、沮喪，以及由此而造成的痛苦。憂鬱已是一種病，它的名字就是痛苦，以及想要擺脫痛苦而一併連自己也毀掉的譫狂。

對於憂鬱，大詩人濟慈（John Keats, 1795-1821）在名詩〈憂鬱詠〉裡，要求人們藉著追求健康的美來超越憂鬱，不要鑽牛角尖，因而有如下警句：

陰影加陰影將帶來更多糊塗昏沉
而讓心靈陷入無止境的痛苦煩憂。

不過，個人層次的憂鬱或許有應付及治療的方法，但那種時代層次的憂鬱呢？當今的世界愈來愈讓人感覺虛無、挫敗、黯淡、壓抑。它乃是憂鬱更大的起源。美國詩人艾希貝瑞（John Ashberry, 1927-）在〈憂鬱的定義〉詩裡有這樣的句子，可以作爲對憂鬱問題再思考的起點：

而它造成一種下墜的運動　或一種飄浮
憂鬱的氛圍緩緩流動並從你身邊掠過
而你有天將察覺它，在這地獄般的世界
它不會讓每日醒來的日子變得更好過。

替病床送祝福的花束

人在病中，特別需要祝福。祝福可以帶來堅強與希望，可以讓人走出自怨自艾的陰影。

我最近遍查各家詩集詩選，赫然發現浪漫大詩人華滋華斯（William Wordsworth, 1770-1850）的妹妹桃樂絲・華滋華斯（Dorothy Wordsworth, 1771-1855）所寫的〈病中思〉（Thoughts on My Sick-Bed）。這首長達十三段、五十二行的作品，很深刻的表達出了病人的心情，無愧爲名家手筆。

對英國文學史多一點細部理解的，都不可能不知道桃樂絲這個名字。華滋華斯家計有三男一女，她排行第三。但他們兄妹自幼不幸，一七七八年喪母，一七八三年喪父，幾個小孩成了孤兒，分散給不同的親戚收養。桃樂絲在不同的親戚家飄蕩了十四年，一七九四年才與哥哥威廉團聚，一起生活。由於經過骨肉離散的傷痛，他們兄妹感情很深，桃樂絲後來幾乎就是哥哥的文學祕書，威廉喜歡到處旅行，也多半是妹妹作陪。威廉婚後，她又形同家庭總管。桃樂絲自己也寫詩、遊記和日記。她的詩有許多被編在哥哥的詩集裡，後來才爬梳分開。她自己的著作如信件、日記和遊記等，差不多到了二十世紀初才出版，後來成了女性主義學家研究女性書寫的重要材料。桃樂絲雖然長壽，但晚年卻多病，最後二十年則在老人癡呆症裡時好時壞掙扎。這首〈病中思〉寫於一八三二年，是她健康惡化初期所作。這首詩的破題，即非常的有大家風範：

是否我的殘生
將被偷走燦爛的春天？
而它生命旋律的樂音
也將不復再觸及迴響的琴弦？

啊，絕非如此　逃避的生命
蹲伏在病弱的微軀
它被親友的禮物所豐富
這料想不到，未曾期望的賜與。

那麼，桃樂絲所謂的親友的禮物究竟是甚麼呢？爲甚麼這樣的東西會產生如此大的作用呢？詩的第八段到第十一段如此寫道：

啊不，我從未感到如此的祝福
堪與這相互比擬

它深深鑽透了我的病榻
帶來了春天的氣息。

當摯愛的朋友將它帶來
今年最早的花束
它採自我家附近的庭院
甜美的記憶從心靈角落開始復甦。

帶著些微感慨我寫下此詩
它渾然天成，靠著自動的力量
但愉悅卻已進入我逃避的生命
我的意識已不必繼續隱藏

我感受到從未曾有過的活力
控制住了虛弱、疲憊和痛苦
它讓我得以前往陽台

也再次到小丘散步。

桃樂絲這首〈病中思〉寫出了病人的心情。它也顯示出對病人多關切，多祝福的力量。由這首詩，我們難道不也應該有所啓發嗎？

自私在疫病蔓延時

當世界被疫癘侵襲
一種沮喪，難以解釋的感染

當男人、女人、兒童
皆不知因何而死去，皆

沒有時間做任何準備
只是痛苦的內縮、孤立的——

就像我童年時所見
那孤獨的痲瘋病患，他們

遠遠的走過街道

線條般的背影，緊鎖的大門——

無人與他們交談，無人
再擁抱他們，無人等待

下一個希望發生——如同
此刻當每天到來時的我們

如同我們期待著微弱的陽光
彷彿他們仍在這裡，而我們也將加入。

這首〈瘟疫〉，乃是當今美國頂級詩人之一的克里萊所寫，在SARS盛行的此刻，很值得我們反思咀嚼。

所謂「瘟疫」，其實也就是通稱的「流行病」。根據近代有關瘟疫史的研究，以及著名的「瘟疫文學」如卡繆所寫的《瘟疫》，法國大作家吉歐諾（Jean Giono 1895-1970）所寫的《屋頂上的騎兵》都顯示出每當出現瘟疫，它在初起時一定會先煽起人們的自私心和猜忌心，原有的社會及政治矛盾會擴大，口水會蔓延，這都是使得疫情擴大的原因，只有在人們理解到自私和猜忌無用，大家都付出代價後，眞正好的專業意見和正直的義工們，才會發揮作用。《屋頂上的騎兵》裡即有一段話：「霍亂像黑死病一樣，這麼容易就傳開，是因爲它帶著死亡的陰影，使我們與生俱來的自私加劇，其實人們根本是死於自私。」這句話實在很值得給動輒指責來指責去，連SARS這樣的題目都拿來做秀的政客們參考。

克里萊在這首詩裡，由現在的瘟疫所造成的恐懼，而想到以前的人對痲瘋患者的歧視與冷漠自私，在反諷中對人性有所期許，這也是此刻我們應有的態度。克里萊爲美國詩壇大老，他自幼即一眼失明，後來成爲著名的「黑山詩派」的掌門人之一。他詩風簡潔，喜歡一語直指核心，這首詩也應如是觀。

「徵兆」的無意義之意義

「徵兆」是一種很奇怪的東西。

人們活在世界上，由於對任何事都要找個理由，於是就有了「徵兆」，「徵兆」是人們相信「事必有因，因必有果」後的一種神祕聯想。諸如看手相、面相、骨相、測字、算生辰八字、看水晶球、算星座、看天空雲彩的形狀與線條，看鳥飛的姿影，……以及一切有線條與形狀的事物，想要從其中解讀出因果意義，這都是在搞「徵兆」。這種「徵兆」遊戲在每個國家，都已成了一種文化習慣，甚至還是一種大生意。

而有了「徵兆」遊戲，當然難免「徵兆」的被政治利用。大人物之所以偉大，乃是他們小時候看魚兒力爭上游，就已開悟；他們小時候已懂得砍倒櫻桃樹，必須承認錯誤，而古代皇帝登基，一定會發現代表了吉祥的鳥與獸，這代表「天命已定」。這種「徵兆」都是偉大的理由，當然也大概是偉大的騙術。

而談到「徵兆」，就必須一提當代美國主要的女詩人許納肯柏格（Gjertrud Schnackenberg, 1953-）的那首〈徵兆〉了。詩曰：

游走在手掌上，蛛網般的細密線條

拼湊出遺失的金錢、心、各種想法
喋喋不休的廢話，暴斃的想像，這徵兆
讓我們得以安睡，如同床上的圖畫

對徵兆，我們束手無策，如同雁群南向
徵兆讓人焦慮，它模糊如吐出的霧氣
被張開的口，凍結在鏡面上
徵兆有如遠方來的電報，引起群眾好奇

天上飛機的不可知線條，拼湊著災難
在呼嘯並中靶之前，曳光彈閃出亮影
在成爲碎塊前，灰石早有髮絲般的裂線
甚至連屋內蒼蠅亂飛也會寫出字形。

許納肯柏格的這首〈徵兆〉，寫得非常切中肯綮。「徵兆」是一種附會式的無關係聯想，它所造成的廢話連篇，有時候讓人安心，有時候則徒惹煩惱。萬事萬物總是有其形狀與線條，如果硬要把一切的形狀線條都看成是有意義的「徵兆」，這搞得完嗎？許納肯柏格乃是近代美國的宏觀詩人之一，她看問題傾向於從大處著手。而正是因爲這樣的特色，她才寫得出這樣的作品。

「徵兆」這種文化習慣，在每種文明體系和國家都普遍存在，歸根究柢，乃是人活在錯綜複雜的世界裡，我們無法忍受「偶然」或「無意義」，於是當碰到好事，我們就要從「徵兆」裡來證明它是「必然」，用來合理化自己的幸運；當碰到壞事，我們也會從「徵兆」來證明它是「必須」，如此始能增強自己對壞運的忍受程度。這也就是，所謂的「徵兆」，說穿了，只不過是人們的需要而已。近代文化神話學大師艾里亞德（Mircea Eliade）曾說過，我們相信「一切皆有因」，有助於讓我們在這個世界上感覺活得有意義，這或許才是「徵兆」的關鍵吧！

瘟疫的死亡之舞

在瘟疫時我發現了自己
這時房裡的煙薰壺罐正在燒
疫情正在感染，而盲眼的骷髏頭
對著時代的弊病咧齒而笑

正如同大家都是隨俗的人
每天吟誦著神祕符號　也運用著咒語
這就是我發現自己的時刻
一半的歐洲人都已死去

它的症狀是發燒和暗斑
最先在手　而後上臉及頸
在它猶未感染之前，心已墮落

你就已注定得病

在你死前的一天
最讓人詫異的乃是舞蹈
受害者突然的神智昏迷
一種恍惚的靈魂出竅

眼神呆滯　而肌肉
則不聽使喚，腳跟
跳起喪禮的捷格舞　手及腹部搖擺
如罪惡的靈魂

有些則痙攣，被發現
從窗口跳下，摔碎了脊柱
另外的則淹死。平滑的墓碑
以及松材做的棺木

此外即無別的，而點起火焰
也驅不走這些傳染的疫癘
在這黑色的冬季而我
我發現了自己。

上面這首〈死亡之舞〉，出自當代美國主要詩人赫克特（Anthony Hecht, 1923-）之手。赫克特曾經擔任過美國的桂冠詩人。

這首略帶諷謔意念的作品，它所談的，其實是瘟疫問題極爲重要的文化課題。在現代醫學形成之前，人類面對瘟疫，多半都只能從鬼神想像的角度切入，因而「報應懲罰」之說遂告盛行，在早期的瘟疫文學裡，這種記載非常詳細。以寫《魯賓遜漂流記》名揚於世的狄福（Daniel Defoe, 1660-1731）在全球第一部瘟疫文學作品《瘟疫年紀事》裡，就用了極多篇幅，把當時的鬼神想像做了詳細的記錄，而在這首詩裡，詩人想到所謂「心的墮落」「罪惡的靈魂」「靈魂出竅」，以及「發現自己」，所指的都是古代瘟疫觀的鬼神想像。他是要藉著這首詩，來指出人在歷史中的限制，包括詩裡所謂的「發現自己」，也都是一種虛妄。

瘟疫與鬼神無關，也不是人類做了甚麼集體的罪行招致的懲罰。根據當前生態學的最新解釋，瘟疫乃是人類與微生物永恆戰爭的結果。微生物裡的細菌和病毒乃是地球上的原住民，當人的侵入活動持續進行，它們的反撲也就永遠不會停，但因人類的擴張不可能中止，這種戰爭也就只得繼續下去。如是而已！

5 回到詩的誠意

世界將誕生；風，持續的吹
雖然幽靈會再來遮蔽
但為我而來的世界已在雲層裡
朦朧青空處誕生。
——法國女思想家西蒙妮・韋伊

死亡是數學的事

前陣子，有位阿富汗裔美國籍的女子瑪蘇達·蘇丹返回故鄉尋親，發現她的親人有十九個死於美軍的大轟炸。她的這段旅程被拍成紀錄片《阿富汗烽火尋親》，公視播映過。

在紀錄片裡，瑪蘇達·蘇丹提出「為甚麼」這個疑問。這當然是不會有答案的問題。任何人活在野蠻的亂世，生死大事都只能委諸命運：你能怪誰？只能怪為甚麼炸彈恰好要落在自己頭上。亂世的生死好像簽樂透，已變成一種機率，一種和死神的賭骰子遊戲。這時候，就讓人想起了英國詩人艾米爾（Barry Conrad Amiel）所寫的〈死亡是件關係數學的事〉。詩曰：

死亡是件關係數學的事。

它從濁灰的虛空尖叫著撞向你

生命成了速度與身高的問題，

由風向偏差，以及地心引力

所決定。

或者是死亡隱藏在
蓬鬆、平靜的雲層裡
如同流線般，迅捷的兀鷹，守候
俾向你撲落，彷彿鋼鐵樣的襲擊。
你生或死的機會繫於
拋物線、斜彎角和俯衝曲線的變化，
而你最合乎科學的選擇則是
計算如何推與拉，以及在何時。

或者就是你隱身樹林
肚腹平貼在坑坑洞洞的地面匍匐
死亡則穿著野灰的短裝
直直的盯著，估計射程
而後瞄準。有如閃電、潛意識測量

軌道與誤差，而你是靶點
問題的中央，如同教科書數學題裡的
某甲某乙，或某丙某丁。

一切無誤就表示你已死定。

艾米爾的這首詩，寫得十分冷靜，而且到了有點冷酷的嘲弄程度，但亂世裡的人命，不就是這樣的嗎？阿富汗人被炸死，是冷酷的數學，峇里島大爆炸的死亡，也同樣如此。包括美國那個「我是上帝」的兇手殺人，大概也只有用數學始能解釋吧！

貧窮與死亡之島

你是可憐之人，你是窮困人。
你是無處可棲的石頭。
你已罹染惡疾
我們都畏懼碰觸。
只有風屬於你。

你貧窮如春天的雨
輕輕撫摩著這城市；
如同牢房裡低訴的願望，不被關注；
也如同得病之人，躺進床裡減輕痛苦。
像軌道旁的野花，顫抖著
當火車呼嘯而過，如同雙手
掩著臉孔在我們哭泣時——如此可悲。

你們是徹骨寒夜鳥群所受的苦難
是長期饑餓的野犬。
你們是野獸漫長的悲慘等待
被深深鎖住且遭遺忘。
你們是轉過臉去的乞丐，
是放棄質問的無家流浪人，
只是在狂風中嚎叫。

大詩人里爾克（Rainer Maria Rilke, 1875-1926）曾寫過《時間之書》，上面這首詩是其中第三書〈貧窮及死亡之書〉的第十八首，這首詩是藉著敘述巴黎的可怕情況，而討論死亡與恐懼這種人類存在本質問題。

一九〇二年八月，里爾克因爲要替一家出版社寫介紹雕塑大師羅丹的著作，而到了巴黎，由里爾克留下的書信，可知那次巴黎之旅對他造成多大的震驚。他看到了巴黎的貧窮，路倒的病人，以及各種受苦的畫面。他說：「這座城市很大，大得幾近無邊苦海。」對他而言，巴黎是繁華掩抑下的恐懼之城、貧窮之城，甚或死亡之城；也是時間耗盡而失落的腐壞城市。

〈貧窮及死亡之書〉乃里爾克的早期作品，但也是縱貫他一生的作品，因爲貧窮、死亡、恐懼這些元素在他的作品裡已被抽象化，變成對人類存在基本情境的反省，這種主題他一直未曾或忘。我最近重讀他寫的《時間之書》，在讀到〈貧窮及死亡之書〉這個部分時，忽然間覺得他對人類生存情境的那種本質觀照，其實也頗適用於此刻的台灣。我們社會裡的心靈貧窮、冷漠自私、生命無常、脆弱難依的集體徵兆皆告表面化，對於這些，難道我們不應做一番更深度的反思嗎？

高樓是驕傲的圖騰

台北的一〇一高樓啓用。目前東亞業已出現新一波的「高樓熱」，大家都在爭「世界第一」。我們的一〇一高樓大概會維持這個第一的稱號二至三年，馬上又將拱手讓給香港、上海和漢城。

在文學裡，高樓一向有著三種意象，一個是《舊約・創世記》裡的巴別塔意象，當時的人建高塔，要和上帝共比高，因而它代表了人的自大驕傲。另一則是中古騎士神話裡，暴虐君主把美麗皇后或公主囚禁在高塔裡，因而高塔代表了權力的森森意志。第三種則是中古大教堂的尖塔，代表了高高在上的與世隔絕，它後來即蛻變成了「象牙塔」。到了現代，除了「象牙塔」之外，高塔高樓的意義已愈來愈往權力的象徵方向轉移。它是顯揚自己的圖騰，是權力意志的寄託，是證明自己成功的文宣式建築物，正因高樓有著這些符號意義，遂出現「拚高樓」的風潮。儘管大家都知道沒有永遠的高樓，但大家卻仍然追逐著那短暫中的永恆。美國詩人及小說家麥克萊希（Archibald Macleish, 1892-1982）因而有過這樣的詩句：

儘管地上的繁華燦爛，

倏爾跌墜成爲泥塵
而鋤犁與刀劍，盛名和珍寶
也和污泥同朽
但偉大的夢想，仍不死亡，亦未誕生
在人們心裡鼓盪
如同星辰、神祕、清晨
總是永遠會再度重臨

麥克萊希的詩句是在說，雖然世事易變，繁華難久，高樓也將轉眼變爲塵土，但只要人心不死，對高樓的追求也就不會停止，高樓是永恆進步的表徵。也正基於這樣的道理，我們對高樓並不應排斥。只是由滄海桑田的道理，當人們有了高樓後，格外要知所謙卑，高樓所帶來的驕傲，才是繁華的眞正敵人。大詩人愛倫坡（Edgar Allan Poe, 1809-1849）有一首〈海中城〉，即在寫《聖經》裡墮落之城峨摩拉及巴比倫因驕傲邪惡而沉落的故事。

這首〈海中城〉，全長五十三行，它開宗明義即指出：

看啊　死神爲祂自己立起了王座
在這孤零零的陌生城市

它在朦朧西土的遙遠之地
喜與惡，最壞與最好
都已在此永恆的歇息。

接著愛倫坡對這個高樓聳立的海中城做了敘述。它不被來自天界的光芒照射，因而形同在永夜之中，只有恐怖大海的微光拂過高塔，由於這個城市的不知虔敬，因而：

在城裡驕傲之塔的頂端
死神以巨大之眼俯視眾生。

而到了最後，則是這個海中城在波濤中華麗的沉落，詩裡提示了人們，所謂的地獄，其實也就是這種由於驕傲而造成的：驕傲使得死神有了王座，千百個這種王座即成了地獄，愛倫坡的整首詩，談的就是驕傲及其結果。由這首詩，人類豈能不更加謙卑呢！

醫師必須有的警覺

我們都知道「良醫醫人，良相醫國」的道理；也知道在我們的文化裡，「儒醫」和「君子醫」乃是醫師的偉大傳統。在這樣的傳統之下，醫師總是受人尊敬的一群，再加上醫師的社會位階高，大家也都鼓勵優秀的子女讀醫。

然而一場SARS下來，雖然許多醫護人員表現得令人欽佩，但其他狀況卻也不少，對醫師的確聲譽有傷。這時候，就想到了當代美國主要短篇小說家及詩人雷蒙・卡佛（Raymond Carver, 1938-1988）的這首〈醫師如是說〉，詩曰：

他說看起來不太好
他說看起來很糟其實是眞糟
他說我一直算到第三十二人肺部出狀況
就停下來不再計算
我說我不想聽到
更多這些在這個地方
他說你信教嗎是否曾跪倒

在森林樹叢下禱告求助
當你靠近瀑布
是否被迸散的水花濺到臉和手臂
你是否停下來要弄清楚在那時刻
我說尚未但想從今天開始
他說我很抱歉他說
但願我能給你一些其他訊息
我說阿們而他則說些別的
我抓不住意思也不知能做甚麼
也不想他再重複和去
消化他說的這些
我只是看著他
差不多一分鐘而他也回看著我
而後我猛的躍起並和他握手這老兄
才給了我世間別人從未給過我的
我甚至熱切的要謝謝他的這種習性
。

雷蒙・卡佛在這首詩裡，寫的是他遇到的一個討人嫌的醫師。這個醫師不體貼別人，對病人只會恫嚇和講洩氣話，於是他遂懊惱得拂袖而去。卡佛的這首詩，以口語一氣呵成，他的這種詩體，的確讓那種不愉快的感覺更被突顯出來。

在所有的職業裡，醫師最爲突出。醫師既服務，但同時也主宰，這是醫師獨特地位形成的基礎，但也是稍有不愼，醫師就容易掉進特權自大陷阱中的原因。由SARS的經驗，或許我們的醫師朋友也不得不要有所警惕了。

沒有看成莫內畫展

曾經有人說過，最好的藝術是自然，而最動人的戲劇則在人間。這話雖不全對，因為它疏忽了偉大藝術家再創造的貢獻，但它至少仍對了八、九分，因為自然與人間乃是藝術真正的母體，一切都從其中出現。

也正因此，當我們喜歡藝術，就沒有理由不喜歡自然與人間。設若只喜歡藝術，卻未培養自己欣賞和觀察自然與人間的能力，那麼我們所喜歡的藝術，其實只不過是「藝術產品」而已。喜歡藝術，不能弄得如此狹義。

而講到這裡，美國主要詩人之一的尼梅羅夫的經驗足堪為訓，有一次，他所住的城市，美術博物館在辦印象派畫家莫內（Claude Monet, 1840-1926）的作品展，莫內以畫睡蓮見長，但因參觀的人車太多，他遂廢然而返，那個星期天，他遂和家人到當地的蓮花池賞遊，這裡突然無人，使他有一次靜謐豐富的賞蓮之行。他歸後寫了這首〈莫內〉：

不能觀賞這次莫內展
人太多　車也太多

週日上午我們遂到波爾湖
它距美術館僅一哩，卻渺無人跡
沿著湖邊漫步一個多小時
五英畝方圓的湖面蓮花盛開
高出漂浮的花床三呎許
大朵黃蓮花重得壓彎了莖幹
它有些成行成列，有的參差傾斜
而花瓣或閉或開　展現出
它光澄亮麗的花心
而當花片凋殘飄落　露出青綠蓮蓬
在夏末吐出它豐收的種子
到濁水中，這裡褐色小魚
和水鴨在葉片形成的叢林中
探險式的漫泳
而葉緣表面水珠滴落
彷彿水銀，掉進水中像一枚枚銀幣

而並非一個個水泡，幾隻紅翅鶇鳥
間歇的啁啾掠過
但卻打不破這美麗的寂靜。

因此，尼梅羅夫當然錯失了莫內展，他沒有看到莫內所畫的睡蓮，但他卻看到了五英畝方圓的蓮花湖，那裡渺無人跡，美景當前，讓他盡覽蓮花之美，說不定其收穫比看莫內還多。

根據美國的美術博物館界統計，直到現在，所有的藝術流派裡，仍以印象派繪畫最有人氣。而當大型印象派展，總是會有百萬以上人潮湧往觀賞。我有一年在華府，美國國家畫廊正在辦舉世最大的巴內斯醫生收藏展，他的收藏比法國本土還多，我排了整整兩小時隊，才進得了展場，那是我畢生所看過的最大展覽，因此，尼梅羅夫說莫內展會造成人車擁擠，那的確是事實。但能看莫內展固然幸運，莫內展沒有看成，卻看了更大的蓮花湖，他所得的可能反而大過所失吧！

注意電影的暴力犯罪化

近代已有一種愈來愈明顯的趨勢，那就是有太多犯罪手法都得自電影的啓發，它會教人如何證明自己不在場，如何製造延遲點火，如何消滅證據。電影已成了另一種學校。

而指責電影，當然並不意味主張「取締」或「加強管理」電影，而只是認爲一切媒體，都具有社會化的功能，自不能不有所自我期許，如果一切都誨淫誨盜，則世界如何得了？這時也就讓人想起美國已故短命大詩人奧哈拉（Frank O'Hara, 1926-1966）所寫的〈萬福馬利亞〉了。該詩以這樣的句子開始：

美國的媽媽們
讓你們的小孩去看電影！
讓他們滾出房間以免煩人
而外面的新鮮空氣也有益身體
但對心靈呢
它在銀幕影像塑造出的黑暗裡成長

當你們必然的一天天老去
他們不會恨你們
不會責怪你們，他們不知道
因爲他們已在這個迷人的國度裡
當週六下午或蹺課時都到此度過。

奧哈拉出身哈佛，在一九五〇和六〇年代時因才華正盛，在美國詩壇有極高評價，可惜的是在他剛過完四十歲生日，即被計程車撞倒而死。他的死亡是美國詩壇及藝術界的重大損失，因爲他當時已是紐約現代美術館的新秀策展人。

奧哈拉的詩，多半以人們的日常生活經驗爲題材，而後反思到更基本的問題。因而評論家史坦因教授（Kevin Stein）遂稱他是個「歷史的一切都走到反面的詩人」，意思是說奧哈拉能藉著詩，把世界上許多「自我對立」的現象呈現出來，電影的反面效應即是一個例子。對於電影這種媒體的暴力犯罪問題，奧哈拉可以說乃是最早即有所警覺的先驅人物之一。

在這首高度反諷的〈萬福馬利亞〉裡，奧哈拉指出了電影的反面影響力，因而他到後來遂要求父母們要對此有所警覺。尤其要提防在耍帥耍酷裡被浸潤出來的心靈邪惡。他的警告，對我們這個也愈來愈喜歡耍帥耍酷的社會，不也同樣是暮鼓晨鐘嗎？

金錢的哭泣

女兒哭著，當我們必須談到錢的時候
「我就是停不住，」她哀切說：「我也不想哭
但就是要哭，」做老爸的又能怎樣？
我想把事情搞定，藉著給她補貼
或試著改造世界讓她擺平收支預算
或宣導關於花錢
和自給自足之道。這是遠見，遠見
但一會兒安靜，沒有用，她又哭起來。

錢當然可以讓一個女孩
買頭上珠飾和披肩，或香甜的洗髮精
以及辛辣鏗鏘的熱門唱片。
但錢卻也要讓她的手工作

擦拭鍋碗瓢盤，在畜舍裡滿身髒兮兮。
怪不得金錢讓她哭泣，我無法逃避
當我坐下支付這些帳單
給加油公司和醫生
則回想起存這些錢的時候
當支票吸墨紙嗤然輾過，我悚然而驚：
有些甚麼被抹掉了？它的代價是甚麼？

我要警告你們對那種人要提高警覺
他們看到折扣之利即眼睛發亮
彷彿人生就是電子遊戲
沒有甚麼足以描述，除了計分的分數
遊戲之目的是在獵取，而非務實計算。
但世界卻會把帳單寄來
而我們則在星期五晚上支付
但別的人卻正在電影院娛樂。

聽著，別哭了，你得到了錢可以花

拿走而後付掉，這點錢不會把你逼死。

這首〈金錢哭泣〉，出自當代美國詩人戴維森（Peter Davidson, 1928-）之手。他藉著女兒亂花錢的事，把當今這種不計後果的花錢方式做了尖銳的針砭。相信台灣做父母的人，在讀了這首詩後，多少都會發出苦澀的會心微笑。

今天的世界早已成了花錢的消費文明，積蓄已成了愚蠢，花錢借錢才是高明進步，折扣促銷則成了重要的指標。在這種價值主導下，子女過度花費後哭著找父母求救，已成了家常便飯。但就在這樣的過程中，我們對自己和自己未來的責任心，也就因而失去。這首詩提供了我們很好的反省指標。

戴維森乃是美國主要詩刊主編兼詩人，他的詩多半簡潔直接，很有佛洛斯特的遺風。這首詩說的是爲錢而哭的女兒，其實是寫金錢本身在哭泣啊！

永久在哪裡？

在我們社會裡，「一時——永久」這種對比式的說法，一直被人使用著。我們遂常聽到「利益是一時的，友誼是永久的」「選舉是一時的，是非是永久的」等諸如此類的話。而「一時——永久」這樣的句型，就讓人記起名聲僅次於莎士比亞的詩人戲劇家班・強生（Ben Jonson, 1572-1637）這樣的詩句：

雖然你對拉丁語和希臘文所知很少
我也不會在這方面讚揚你的名號
而寧願提起如雷貫耳的希臘艾斯奇勒士
尤里庇底士、索福克里斯等戲劇大師
以及羅馬巴庫維烏斯等傑出人物
而今盛況再現，你悲劇主角的腳步
撼動了舞台；或喜劇角色跟上
使得你一人就當仁不讓
就像那些烜赫的希臘與羅馬再度出發

或者如同從他們的灰燼裡又現風華
眞是成就非凡，我們英國人，你是唯一
全歐洲的致敬都歸功於你
他並非一時，而是永久。

上面這些詩句，乃是班・強生向莎士比亞致敬詩裡的一段。班・強生和莎士比亞乃是同代人。他小了八歲，晚死二十一年，兩人一直有著競爭關係。在他這個寓褒於貶，實質上是超級歌頌的詩句裡，他這個人的落落大方，亦可概見。

而「並非一時，而是永久」這個句子也就因此而永遠留存了下來，並成爲對人類的永遠叮嚀。我們無論做任何事，當然必須考慮眼前的「一時」，但長遠的「永久」卻也不容或忘。所謂的「永久」，它的含意裡有著更大的是非，更大的客觀性等道理在焉。爲了「一時」而不擇手段，「一時」可能成功了，但卻擋不住「永久」的罵名。

問題是，目前這個時代，人們對「永久」的概念已日益稀薄，一切都只看現在、當下、一時，爲了眼前的政治或金錢利益，可以無所不用其極，可以舌粲蓮花，反反覆覆。當人們對時間已失去了起碼的敬畏，當然對任何問題也都不再有敬畏之心了。有些學問家認爲「時間意識」乃是人類價值思考上極重要範疇，沒有「時間意識」，一切只是「當下」「一時」，則人的進步可能性即不可能出現，這或許不無道理吧！

「創意」不是「點子」而已！

近年來，「創意」成了台灣最當紅的新字眼。問題是，當我們用到這個字時，都傾向於將它窄化成了「點子」與「策略」。當「創意」被如此窄化的定義，其實已是「創意」的死亡。

眞正的「創意」不是這樣的。在西方，用來指「創意」的invention這個字，最早於一四九九年出現在義大利，而create這個字則晚了大約一百年，到一五八九年才用來指人類的創造或活動。這兩個字的相繼出現，則和當時義大利佛羅倫斯的麥迪西家族創辦「柏拉圖學院」，強調人必須更加接近上帝造物的至眞至美境界有關。柏拉圖哲學造就了一種價值，因而但丁、佩脫拉克、米開蘭基羅、伽利略、達文西、馬基維利等人物遂告出現。有了創造的價值與心態，才產生出「創新」的字以及結果。如果沒有這種價值與心態，縱使天天把這個字掛在嘴上，除了一些小點子外，大概也玩不出甚麼大花樣。

非常幸運的，乃是有三位大文豪都曾經用詩句把「創造」做了最好的詮釋，值得我們反覆咀嚼。其一是莎士比亞在《仲夏夜之夢》的這段：

詩人的眼，在精妙神奇的轉動下

即能從天看到地，從地看到天
正如同想像力可以具體化
那些未知事物的型態，詩人的筆
可以使它有了形體，並讓空虛的無物
也有了居處和名稱。
另一個則是美國詩聖惠特曼在〈先鋒，啊先鋒〉裡的句子：
我們的行列衝過了，
稜線，走過險徑，攀上陡壁
征服，掌握，大膽，冒險
向著那未知的方向。
而法國詩人波特萊爾則在〈旅程〉裡寫道：
但眞正的旅人是那些
他們離去就只是爲了離去
他們不知道理由，總是說：出發！
……
腦中那把火如此燒烤使我們想要

深入淵底，管它是地獄或天堂
到未知世界的深處去發現新的事物！

無論他們是用詩人、先鋒或旅人爲譬喻，但創造是探索「未知」，則是其核心價值。這三位大文豪所說的，或許才是我們談「創意」時最需要注意的吧！

球類明星的背後故事

這首〈秋到俄亥俄州馬丁渡口鎮〉，出自美國詩人詹姆士・萊特（James Wright, 1927-1980）之手。詩不長，但卻重要：

在薛立弗高地足球場
我想到波拉克一定在村裡猛灌啤酒
也想到本烏鎮熔礦爐邊臉色發灰的黑人
以及惠林鋼鐵廠裡夜晚被打斷的加班者
他們都作著夢要成爲巨富或運動明星

所有尚存尊嚴心的父親都羞於回家
他們的女人則咯咯叫如同饑餓的母雞
爲了夫妻愛而漸漸死去

於是
他們的兒子們遂變得自殺式的傑出

在十月開始的時候
用他們的身體在場上可怕的飛奔

這首詩，美國人一看就能明瞭，但對我們，則需要多一番解釋。俄亥俄州乃是美國傳統的製造業及鋼鐵廠集中的州，馬丁渡口鎮即是俄亥俄州河邊的一個工廠鎮，附近的村鎮亦然。這裡的工人們都生活艱苦，前途黯淡，因而沿著俄亥俄河上游這一帶，遂發展出一種傳統，那就是當地的小孩只有拚命的搞足球、棒球和籃球，希望藉此離開家鄉，出人頭地。美國各種職業球賽裡，出自這個地區的球員特多，並有過好多個天王級的球星。他們打起球來，都有著自殺式的拚命風格，因爲如果他們不能在球場上成功，就得像父兄輩一樣，去工廠做工，一輩子貧窮到老。這些工人家庭，貧窮與慘厲的球類運動相結合，有許多可泣的故事。

而詹姆士・萊特，即是馬丁渡口鎮人，他出身貧窮，年輕時也踢過半職業性的足球，但他運氣算好，後來進了肯揚學院及華盛頓大學，以寫詩譯詩聞名，甚至翻過中國古詩，並到紐約大學任教。但儘管他有幸脫離家鄉的貧窮，但他的詩裡，卻有許多寫以前的那種生活。這首即是代表作。他由當地每年秋季開始的球賽，而寫到當地父親輩的人酗酒和羞於回家，母親輩的人在貧窮裡煎熬，兒子輩則自殺式的拚命打球，一幅慘厲的圖畫已展現在人們眼前。近代美國詩人裡，寫貧窮社會的並不多，萊特乃是首選人物。讀他的詩，人們怎能不油然而興悲憐人道之心呢？

歐洲已成了旋轉木馬

圍繞著光鮮亮麗的歐洲地圖
是枚巨大的結婚鑽戒
緩緩運轉經過倫敦奧斯陸西柏林
雅典羅馬馬德里巴黎而後回到原點
緩緩的運轉

它非戒
它是大歐洲號的巨型轎車
這著名的金白牌圓形汽車

它緩緩的繞圈圈

所有的歐洲車輛都被焊接成了

一個致命的結合體
一個旋轉木馬大型旅程的旋轉木馬
大塞車而後又迂迴前行
所有的車輛都被焊接
雪鐵龍積架布加蒂國民車捷豹艾達夫

每個旅客，皆打包行李
彩色鋼琴、冰凍雜誌、高效音響狗
爬上他們面前的座位
彷彿都像是車子的前排位子
而他們後面則拖曳著一串
精緻藝品、漂亮燈罩，它由金錢
速成學徒、大量的繡花所製造

但車子卻在繞圈子
既不向前也未退後

無駕駛無方向盤無擋風板無煞車無。

上面這篇絕佳諷刺詩〈高速路車道汽車路〉，乃是當今英國主要「政治煽情詩」（Agitprop）作者米契爾（Adrian Mitchell, 1932-）所作。全詩旨趣是在嘲諷由十五國所組成的「歐盟」，「歐盟」的標誌是個像鑽戒的大圓圈，它雖然龐大，看起來亮麗，有文化，而且大家似乎都很滿意，其實卻像是旋轉木馬一樣的在繞著圈子，已不可能有任何進展。最近，瑞典公投，拒絕加入歐元區，這是繼丹麥之後，第二個拒絕加入歐元區的國家。由於丹麥和瑞典這兩個前例，英國加入歐元區也可能受挫。「大歐洲」的形成，的確已到了被嚴峻考驗的時候了。

本詩作者米契爾，乃是英國一九六〇年代興起的「政治煽情詩」主要詩人，他喜歡在文字上搞怪，經常一語雙關或多關，他的作品極難翻譯。本詩題目爲Autobahnmotorwayautoroute，分別是德英法三國對高速公路的稱呼，他藉著這個題目來諷刺高速公路其實根本不是高速公路，而是旋轉木馬（roundabout），其機鋒由此可見。

玩火自焚與曝日自傷

在我們的社會裡，有「玩火自焚」的說法。它典出《左傳・隱公四年》：「夫兵，猶火也；弗戢，將自焚也。」

而在英語裡，十七世紀英國重要詩人沃漢（Henry Vaughan, 1621-1695）也有「玩火」之喻。他在〈生命花環〉（The Garland）這首三十六行的作品裡有句曰：

憶昔青春，放蕩罪孽的年代
它主宰了我的方向
任命「錯誤」爲我的聽差
並讓黑暗籠罩我的時光：
我濫用，緊緊追蹤
狂野的激情，並拚命徵逐
感官的歡樂，也屈從
於所有出價的賭徒。
我玩火，對忠言嗤之以鼻

把生命釘上了刑台
但從未想到火會脫控燒起
而靈魂則將痛苦受害。

沃漢的上述詩句，後來即成了英美「玩火自焚」（Play with fire, and you'll get burned.）的起源。

而論「玩火」意象，在英國文豪狄更斯的早期歷史小說《巴拉比・魯姬》（*Barnaby Rudge*）裡也有過精湛的表現。這部小說完成於一八四一年，對後來一八五九年出版的《雙城記》很有影響。《巴拉比・魯姬》談的乃是人的邪惡操控、報應，以及暴民的激情等問題，其中這句話也成了傳誦永遠的名言：「火是好僕人，但卻是壞主人。」（Fire is a good servant but a bad master.）

因此，「玩火」無論在東西方，都是一種永恆的隱喻，它提醒人們，自以爲是的在危險邊緣得意地賣弄，最後反而會害到自己。後悔早已被準備在「玩火」的動作中。

由「玩火自焚」就讓人想到柏拉圖的類似譬喻「曝日自傷」。柏拉圖有個來自西西里的貴族學生狄翁（Dion），狄翁學成返回後有次致函柏拉圖。當時西西里老王逝世，由其子小戴奧尼索斯繼位，狄翁希望柏拉圖能前往做國師，讓新王懂得哲學與正義，成爲好君主。柏拉圖勉爲其難的去了後，才發現新王對哲學和正義毫無與趣，只是熱中於權力和機辯之巧而已，於是他遂用「曝日自傷」來說那個新王。意思是，曝日乃好事，但若不講原理原則，而只是逞機辯之巧，最後也只會傷到自己。那個新王最後果然如柏拉圖所料，沒有好下場。「玩火自焚」和「曝日自傷」，說的是層次不同，但卻一樣的事！

無德即無樂園！

所謂榮耀不過是名氣的烜赫
它是人們的誇讚，但這種誇讚又如何？
設若這些人只不過是淆亂的人群
各種起鬨的俗眾，他們吹捧
庸俗之事，細加思量，又怎麼值得？

上述詩句，出自十七世紀英國大詩人米爾頓的《重獲樂園》（*Paradise Regained*）。它是米爾頓名著《失樂園》的延續。

米爾頓可以說是英國文學史的頂級作家。他是那種對希羅經典、基督教文明，以及當時新興的科學等皆通達的「鉅型知識分子」，除了文學著述外，他又獻身政治，反對專制，爲當時主要的政論家。此外，當伽利略還被認爲是異端邪說，因而被義大利囚禁之時，他就已肯定了伽利略的理論，甚至還在訪問義大利時去獄中探視伽利略。米爾頓的貢獻不僅在於文學，而是對整個文明。

米爾頓在十七世紀即已鼓吹自由和反對專制，並因此而被抄家入獄。但他在鼓吹自由的同時，卻也在勉勵世人要有良心的自覺，努力於「公共之善」，擴大「人的內在高貴品質」，而不要只耽溺於世俗化的權力與名氣。在《重獲樂園》裡，批判人的追名逐利，即是重點之一。他相信人的終極名聲，最後是寫在天上的，而非寫在塵世的地上。因而書裡遂寫道：

聲名是在天上，塵世則少被知悉
世間榮光皆虛假，它屬於
不光榮之事，不值得有聲譽的人。

米爾頓認爲，以權力、金錢和美貌等而成就的「有名」是不夠的，人眞的當爲乃是多生智慧和積極行善。他不喜歡「權力之城」羅馬，認爲「智慧之城」雅典才更永恆，他如此寫道：

應有名
出於智慧，則將如同帝國般
讓你的心靈覆蓋全世界。

研究英國歷史的，都不得不承認，米爾頓在英國發展過程中的巨大貢獻，因爲他是把「立德」拉高到凌駕於「立功」「立言」之上的思想人物。當一個國家的知識分子和整個國家都能有這種道德理想性，整個國家就有提升向上的潛力，而不至於永遠在權、錢、名裡吵嚷不休，最後終至永遠內耗、一事無成。

詩人必須是時代的揭謊人

當今的世界，乃是一個「公共領域」崩塌的時代，各式各樣的謊言以及硬拗的東拉西扯到處流竄，人間的是非綱節已爲之顛倒，身處於這樣的時代，詩人應當如何自我定位：是去做宣傳旗手呢？或是躲進象牙塔？或是在明知不可爲裡對良心做最後的堅持？

在當代英美詩人裡，非常具有曠野風格的勞勃．布萊（Robert Bly, 1926-），他走的即是最後那條路。他堅信詩人必須是個「公民詩人」，詩也必須是時代的良知。他關心人道、自然生態，反對恃強凌弱的侵略，因而成了火炬式的異議詩人，在英美享有極高的地位。當年他甚至還是文學界反越戰的領袖。由於對公共事務看得多而深，他的反省詩和譏諷詩，也都火候一流。他曾注意到現在這個時代，政治說謊已到了極其張狂的程度，因而遂有名詩〈遠離謊言〉一首，它同樣值得我們借鏡。詩曰：

（一）

如果我們眞是自由，生活在自由的國度

何時我始能免於心靈的沉重？

何時才可獲得和平，以及普遍的祥和？

我凝目一路看著街道
唯見苦澀的水向下流淌
而遠古的蟲豸則蛀蝕了天空。

（二）

耶穌基督不會來拯救我們的罪惡
而我們這些基督之子則反叛了父母
天上之國並不等於下一個人生
我們那些當權者不配稱爲基督徒
彼世此世兩個世界都在此世之中。

（三）

那些聖徒們在床上狂叫歡呼
他們的歌聲掠過洶湧的海洋
神龜沿著這路徑移動
由大海奔向危機重重的草原
而螃蟹的幽靈則漂移在白雲石上
那些盜賊們則在野草間痛哭。

布萊的這首詩，每一段都在揭露謊言的一個側面。第一段指的是儘管美國宣稱是自由國家，卻四處興兵，造成人們心靈的沉重，自由與侵略並存。第二段則指，以宗教來合理化一切罪惡的謊言。第三段則指美國的士兵們，即那些龜兵蟹將在謊言引導下，持續的命喪他鄉。他的這首詩主要是在說當年的越戰，但換個時空，不也正適合於現在嗎？

詩集的歷史最高紀錄

二〇〇四年二至三月份，義大利發生了一起打破歷史紀錄的大事，它與詩有關。那就是，義大利著名詩人，一九七五年諾貝爾文學獎得主蒙塔萊（Eugenio Montale, 1896-1981）的新版詩選，在不到兩個月的時間裡，發行數量達到一百萬冊！

這實在太不可思議了。蒙塔萊的詩作，用字典雅，意蘊深藏，而且多神祕內涵，儘管不是那麼難懂，但卻也不是十分下里巴人，因此，一本新的詩選，怎麼可能轟動到如此程度？

而要解釋這樣的現象，卻也一點也不難。近年來，義大利的報紙，一方面爲了創造業績，另方面也爲了文化使命，開始介入文學出版這個領域，它們會以低廉價格發售經典文學作品，有時候則把經典作品當成促銷贈品，在媒體的帶動下，各種文學經典遂告大賣。例如，米蘭一家每日發行六十八萬八千份的報紙，推出南美智利的諾貝爾詩人聶魯達（Pablo Neruda, 1904-1973）的詩集，每本五點九歐元（折合七點二美元），計大賣了二十五萬本以上。另一家羅馬的報紙，推出五十本二十世紀之文學經典系列，每本四點九歐元，原估只要每種賣出五萬本即可打平，結果是這個系列，平均每本都賣到五十萬冊。它還出了一套六本義大利詩選集，每本賣七點九歐元，結果這套詩集每一本都賣了十二萬冊。

報社能在文學作品，尤其是詩裡賺到大錢，這在全世界都是異數，我們除了說義大利人對文學有偏愛外，已無法找到更好的解釋。也正基於這樣的理由，被當作促銷贈品的蒙塔萊詩集會發行超過百萬本，也就不足訝異了。

義大利的報紙，能夠在報紙的成長已到極限，廣告業務也景氣不佳的時候，向文學進軍，而且利潤也因此而增加了百分之四十到五十之間，雖說這是媒體的強勢影響力有以致之。但換個角度言，若義大利人不重視文學，想必報社也搞不出甚麼成績來。如果換了台灣，我們的媒體贈品是手機，電子鍋等或許有效，如果是詩集，肯定不會有人理睬。由此也可看出每個國家的確是「程度有別」！

蒙塔萊是近代義大利最傑出的詩人，甚至有人認爲他乃是二十世紀最偉大的詩人。他在死後出版的詩集裡有一首短詩曰：

小丑假扮成詩人
一副自大傲慢的官僚樣
像冒牌賣弄的傳令官
你成了一個標準的挑夫跟班

所攜帶的不過是凋枯的繽紛花束
但作爲詩人非關驕傲
它不過是自然所造成的錯誤
他肩上的重擔只有
恐懼。

在蒙塔萊的筆下，詩人沒甚麼可以得意和値得驕傲的，詩人只是戒慎恐懼的探索者，俾了解生存本質的問題，不過由他逝後，居然能創下一本詩選發行超過百萬冊的空前紀錄，卻也顯示出詩人不只有恐懼而已，還有光榮！而由義大利的這件事，我想到的，則是我們甚麼時候也會出現那樣的場面！

大臣詩人的警世忠言

二十世紀的人物裡，出將入相而同時又是職業詩人的殊不多見，而第二次大戰後，第一任英國駐聯合國大臣康奎斯特（Robert Conquest, 1917-）則無疑的是佼佼之選。

康奎斯特是近代英國的外交家、蘇聯問題權威學者之一，同時還是戰後新派詩人的主要領袖；以一人而出入政、學、詩三個領域，且各有所成，確屬難得。他出身牛津溫契斯特學院，戰時從軍，與蘇聯合作，這種獨特的經歷，使他成了英國第一代蘇聯問題專家，後來聯合國成立，由於那是冷戰時代的主要對話機構，他也就順理成章的出任駐聯合國大臣。後來史達林的暴政被一點點揭露，蘇聯問題專家的他寫了《大恐怖》一書，那是研究史達林時期的經典著作。他後來離開公職，在許多著名大學開過蘇聯研究的專題課程。

康奎斯特在早年從軍的時候就寫詩，是戰後英國新風格運動的主幹人物，許多後來的重要詩人，都是因為他編的詩選集《新詩風》（*New Lines*）始得以出頭露臉。他自己也出過多本詩集，享譽極高，理性與感性交融，佳作甚多。

在這裡引一首〈導彈試射場〉為例。他自己是冷戰時代的人物，那時軍備競賽方毀，導彈的發展尤其是重點。他因工作之便參觀了導彈試射，但毫無欣喜之感，歸而寫成此詩。而今導彈的發展更爲變本加厲，世人重讀他的這首詩，不知會有何感：

輕柔的聲音和香氣在夜晚滿滿的溢出
是觸目所及下的一種豐富
在夜色之外，一片泛紫的天空
盈盈的富饒感在光點下如花綻放

但從西南方，它們低沉的刺耳聲卻摧毀
並打斷，這暗夜溫馨的恍惚狀態

三具黑色的自動機器急速冷硬的升起
在倒退的星海中漸漸清晰露出了形狀

它們強過生命、盲從於無知的目的
它們線路唯一能承擔的思想
是獵殺標靶的嚴厲飛行指令

由這無愛的急促動作裡我想起

希臘悲劇作家艾斯吉勒士說復仇女神：

「豐饒夜晚裡不能孕育的女兒們。」

康奎斯特在這首詩裡，並沒有硬邦邦的去反對軍備競賽和導彈，而是把自然世界的「豐饒」（Abundance）與人類黷武好戰所造成的「貧瘠」或「不孕」（Barren）這兩個意象拿來對比。於是，溫馨、恍惚、香甜的富饒之夜，遂變成了肅殺、威脅、無愛的冷酷之夜，而人類的命運也將因此而變得生命不能繁衍，大地也將荒蕪。他的這首詩在反對窮兵黷武的歷代作品裡，的確可算是高竿之作！

厭倦兜圈子

這樹暴風雨用喀嚓裂木的響聲
摧倒在我們面前而它並非要阻擋
我們追求幸福之旅的路徑
而只是要考問我輩——我們心想

總是要堅持自己的路途
它喜歡攔住我們的跑道
讓我們在白雪的腳前止步
辯論當沒有斧頭時要如何是好

而它也知道阻礙只是徒然
我們不會延遲終極目的
它早已深藏在心必須得遂所願

我們也不會爲這木頭僵在此地
而後厭倦在一地兜圈子失了方向
遂直直跟隨更好的道理往開闊的地方。

美國詩聖佛洛斯特一向善於由小見大，從身邊之事探尋更深的道理。這首〈詠一棵橫倒路中的樹〉，言淺意深，不就很值得我們再三反芻！

無論個人或群體，都必須有宏大的存在理由。它是人生的跑道，是群體的旅程。但經常就在人們前行的時候，路旁的一棵樹倒了下來，橫在路中。它是一個意外的插曲，但情境卻使它突然之間變成了最主要的問題，人們爭論著這棵橫倒路中的樹的意義，爭論在沒有斧頭的情況下要怎麼把樹移開。當插曲問題變成了首要的本質問題，大家就圍著這棵斷樹兜圈子，反而把眞正的方向丟到一邊。

佛洛斯特的這首詩指出，橫倒在路中的樹，乃是對自詡堅持方向的我們所做的考驗。因爲它的出現會擾亂我們的見識和判斷，但他也相信，儘管這斷樹的確會發生阻礙的效果，但繞著插曲問題兜圈子，久而久之將使人疲倦不堪，最後終究還是會走回更好的方向。

反對極端

但願有協定、橋樑
眾手彈奏的和弦，被完成
而且維持。極端主義痛恨給予的善
或努力得到的美德。那個女孩
幾乎毀掉自己，後來寫了一本書
俾揭發這種罪並為它驅魔
她稱讚最後結交到的朋友
兩個人都成了受人注意的主角；
時間會愛上它的結局，時間
也深受被寵壞的小孩胡作非為之威脅
縱使不受暴躁傲慢所影響的人
他們的機智也會被做秀所收買侵蝕。
反對走極端，讓我們有各種人間的
協定，它只禁受得起

時間的證明。它是一種連接與考驗
被往後的日子，如同圓滿的
月色漸漸在夜晚到來
一種擁有但卻不瘋狂執迷。

這首〈反對極端〉（Against Extremity）出自英國當代主要詩人托林森（Charles Tomlinson, 1927-）的近著《托林森自選集：一九五五至一九九七》。托林森有過多首論極端的作品，以這首最爲精練。這首詩所闡釋的道理，也值得今日的台灣借鑑。

所謂的「極端」，乃是一種「自我」過度膨脹後所造成的「自大」與「自戀」。人生的被寵壞，被偏袒，權力的傲慢與易恨易怒，以及有才華的人在社會的溺愛裡被侵蝕腐化，所有的這些，都是會讓人走向人生的極端或政治的極端之原因。極端因而是一種必須予以驅魔的罪惡，因爲它在自以爲是裡已把一切的良善盡行驅逐。

因此，無論任何的極端，都將是禁不起時間考驗的。托林森相信，時間會檢證一切。他相信「被給定的善」以及「努力所獲致的美德」才是世界的終極標準。邪惡可能會張狂一時，但不會長久，時間到最後會愛上的，乃是禁受得起考驗的人間美德。它就像是暗夜到了最後，才會圓月生輝。它照耀一切，但不瘋狂的掌握所有。

托林森是英國當代主要的詩人，望重國際詩壇，努力於普世價值與人性的探討。讀了他的這首詩，我們是否也應當有所啓發呢？

〈歡樂頌〉的真義！

英國曾經做過歌謠的聲望調查，排名第一的是貝多芬的〈歡樂頌〉。而講到〈歡樂頌〉，許多人都知道它出自貝多芬〈第九號交響曲〉的大合唱。但對〈歡樂頌〉的眞正含意，知道的人可能就少得多了。

而這其實是有典故的。在現代德國，哲學家兼詩人席勒（Friedrich Schiller, 1759-1805）乃是與歌德齊名的重要人物，他們都因爲將古典主義的人道精神發揮到了一個新的高點，而獲得世人的尊敬與推崇。而席勒的作品裡，最重要的即是〈歡樂頌〉，那是一首長詩，分爲八段，每段有八行獨唱、四行合唱，全詩總計九十六行。這首詩寫於一七八五年，由於它是從一個非常高的高度看待人間的苦難，並以人對自我與苦難的超越來達到新的境界爲主旨，認爲只有如此，始能獲得終極的歡樂，因而此詩完成後，即獲得極大共鳴。席勒所謂的「歡樂」，乃是靈魂的終極喜悅，是一種與神走在一起的，帶著榮耀光芒的喜悅。

而後，席勒的詩被與他同代但稍晚的貝多芬（Ludwig van Beethoven, 1770-1827）看到，他大爲感動，遂寫下〈第九號交響曲〉，貝多芬在最後樂章的大合唱裡，由於無法把九十六行長詩全部採用，因而他只採用了其中第一段、第二段的前半、第三段，以及第四段的後半。在貝多芬的生命史和作曲史裡，這首交響曲可以說是與〈命運交響曲〉互為呼應之作。他那種在〈命運〉裡的熱情，得以在〈第九〉得到超昇。如果缺少了〈第九〉，我們只能說他是「浪漫英雄」，而有了〈第九〉，我們始能給他更高的「浪漫人道英雄」之稱號。

也正因此，對於貝多芬的〈歡樂頌〉大合唱，我們不能只是哼哼旋律就可以的，一定要用心的去揣摩它的歌詞，最好是去把席勒的九十六行長詩找來參證。因為它所代表的，正是基督教古典人道主義的重要文學里程碑，那種境界對我們這個缺乏虔敬精神的社會，其實是完全的望塵莫及。

我個人認為，席勒的八段九十六行長詩裡，最重要的幾段都意蘊深遠，不適合譜成合唱曲，因而貝多芬只得割愛，他只選了其中淺白易懂的幾段，在此我把貝多芬割愛的重要詩段引之如下：

第二段後半：

聚居寰宇的芸芸眾生，
你們對同情要知道尊重；
它引導你們升向星空，

那裡高坐著不可知的神明。
第三段後半：
你們下跪了嗎，萬千生民？
世人啊，是預感到造物主？
祂一定在星空上居住，
去星空上界將祂找尋——
第六段全部：
我們的神靈無以爲報，
只要能學到一些就行。
即使有困苦憂傷來到，
也要跟快活的人同慶。
應當忘記怨恨和復仇，
對於死敵要加以寬恕，
不要逼得他眼淚直流，
不要讓他嘗後悔之苦。

把我們的帳簿燒光，
跟全世界進行和解！
弟兄們，在那星空上升，
神在審判，像世間一樣。

在西方，由於有著耶穌受難及受苦神學的傳統，對於苦難問題遂有著深刻的反省，並將之轉化為集體救贖。而在非西方，則顯然並非如此，因而所謂和解，也多半只是說說而已，而實質上則是大家都在玩著曖昧的「帳簿遊戲」，這時候，貝多芬的〈歡樂頌〉大合唱，以及席勒的原詩，也就格外值得重讀了！

女聖人韋伊的詩

讓純靜的天空前行，層層疊疊
兇惡的雲層，賜我以
狂風，一種帶著愉悅氛氲的風；
讓一切從此誕生，讓夢被清除。

城鎮將爲我誕生
吹清迷霧
屋頂、哭泣、足跡、萬家燈火
各種人聲；這些曾被時間耗損殆盡

海洋將誕生，搖動的舟楫
水中的槳櫓，夜晚的漁火；
田野亦將誕生，鬆脫的轆轤將開動

黃昏也誕生，滿天星辰。
燈將誕生，卑屈的膝骨
臉上的暗影與驚嚇離去
手會誕生，金屬被用力敲擊
鐵在機器聲裡錘鍊成形。

世界將誕生；風，持續的吹
雖然幽靈會再來遮蔽
但爲我而來的世界已在雲層裡
朦朧青空處誕生。

這首詩，名爲〈啓發〉，出自法國女思想家西蒙妮・韋伊（Simone Weil, 1909-1943）。前兩年，Routledge出版公司在編著的《二十世紀百大哲學家》裡將她列名其中，並列的其他女思想家只有四人，可見韋伊的思想地位是如何的崇高；她也被稱「聖人」。

韋伊乃是二十世紀的思想奇蹟，只活了三十四歲，她著作不多，而且也不玄奧，但卻直扣人心。法國文豪紀德說她是「二十世紀最偉大的心靈作家」，大詩人艾略特

（T.S.Eliot, 1888-1964）說她有「類似於聖人的稟賦」，教宗保祿六世說她是影響他的三個思想家之一，而戴高樂則說「這個女人瘋了」。

韋伊從世俗觀點看，真的是瘋了。她父母皆猶太人，她自幼聰穎，大學唸書時主修哲學，畢業會考得第一名。後來舉世聞名的女性主義思想家西蒙波娃落在她之後。她通曉法、英、梵文和西藏文。但儘管才華洋溢，她卻無意於教書終老，後來她到雷諾汽車公司當女工，俾理解資本主義對人性的衝擊。西班牙內戰期間，她志願從軍。二次大戰期間她則獻身地下抗德，由於不願吃得比淪陷區人多，原來即羸弱的她遂因營養不良的併發症而早亡。但雖然生命短暫，她仍留下各類著作及書信集等共計十二冊。她的思想核心是要把人間正義與個人道德統一起來。因而她是神學與政治社會學的綜合。這也使得她的思想很有彌賽亞的特色。

這首〈啓發〉，即是她彌賽亞信念之作。她深信當人們恢復對上帝的公義之愛，則世間由於體制所造成的貪婪邪惡等即可被改變。而對「天主之愛」，她有類似散文詩的札記可作爲參證：

「受造眾生以聲音說話，而天主的話卻是寂靜。天主之愛的祕言甚麼都不是，只是沉默。基督是天主的沉默，沒有任何神祇得上十字架，沒有任何和諧能和天主的沉默相比。希臘哲人庇達哥拉知道圍繞星辰無限沉默的和諧。在群星之下，天主的沉默答案即是必然性。

「我們的靈魂不斷製造著噪音，但它卻有一個我們不知道的無聲地方。當天主的沉默進入我們，穿透我們的心，並和那個無聲地方相連，則天主即成了我們的寶藏，我們的心。空間將會像熟果般打開，在空間之外我們將可看到宇宙的整體。」

智慧田 068

回到詩

作者：南方朔
發行人：吳怡芬
出版者：大田出版有限公司
台北市106羅斯福路二段95號4樓之3
E-mail:titan3@ms22.hinet.net
http://www.titan3.com.tw
編輯部專線（02）23696315
傳真（02）23691275
【如果您對本書或本出版公司有任何意見，歡迎來電】
行政院新聞局版台業字第397號
法律顧問：甘龍強律師

總編輯：莊培園
主編：蔡鳳儀
企劃統籌：胡弘一
美術設計：獨力設計
校對：陳佩伶／耿立予／余素維／南方朔
製作印刷：知文企業（股）公司・(04)23595819-120
初版：2005年（民94）8月30日
定價：新台幣 260 元

總經銷：知己圖書股份有限公司
（台北公司）台北市106羅斯福路二段95號4樓之3
電話：(02)23672044・23672047・傳真：(02)23635741
郵政劃撥：15060393
（台中公司）台中市407工業30路1號
電話：(04)23595819・傳真：(04)23595493

國際書碼：ISBN 957-455-888-6 /CIP: 812.18 / 94012792
Printed in Taiwan

國家圖書館出版品預行編目資料

回到詩／南方朔著.－－初版.－－臺北市：大田出版；知己總經銷，民94

面；　公分.－－(智慧田；068)

ISBN 957-455-888-6(平裝)

1.詩評論

812.18　　94012792

廣　告　回　郵
北區郵政管理局登
記證北台字1764號
免　貼　郵　票

大田出版有限公司　編輯部收

地址：台北市106羅斯福路二段95號4樓之3
電話：（02）23696315-6　傳真：（02）23691275
E-mail：titan3@ms22.hinet.net

*請沿虛線剪下，對摺裝訂寄回，謝謝！

地址：……………………………………

姓名：……………………………………

TITAN
大田出版

智　慧　與　美　麗　的　許　諾　之　地

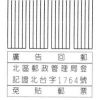

＊請沿虛線剪下，對摺裝訂寄回，謝謝！

閱讀是享樂的原貌，閱讀是隨時隨地可以展開的精神冒險。

因爲你發現了這本書，所以你閱讀了。我們相信你，肯定有許多想法、感受！

讀 者 回 函

你可能是各種年齡、各種職業、各種學校、各種收入的代表，

這些社會身分雖然不重要，但是，我們希望在下一本書中也能找到你。

名字／＿＿＿＿＿＿ 性別／□女 □男　出生／＿＿年＿＿月＿＿日

教育程度／＿＿＿＿＿＿

職業：□ 學生　□ 教師　□ 內勤職員　□ 家庭主婦

□ SOHO族　□ 企業主管　□ 服務業　□ 製造業

□ 醫藥護理　□ 軍警　□ 資訊業　□ 銷售業務

□ 其他 ＿＿＿＿＿＿

E-mail/＿＿＿＿＿＿ 電話/＿＿＿＿＿＿

聯絡地址：＿＿＿＿＿＿

你如何發現這本書的？　書名：回到詩

□書店閒逛時＿＿＿＿書店 □不小心翻到報紙廣告（哪一份報？）＿＿＿＿

□朋友的男朋友（女朋友）灑狗血推薦 □聽到DJ在介紹＿＿＿＿

□其他各種可能性，是編輯沒想到的＿＿＿＿

你或許常常愛上新的咖啡廣告、新的偶像明星、新的衣服、新的香水……

但是，你怎麼愛上一本新書的？

□我覺得還滿便宜的啦！ □我被內容感動 □我對本書作者的作品有蒐集癖

□我最喜歡有贈品的書 □老實講「貴出版社」的整體包裝還滿 High 的 □以上皆非 □可能還有其他說法，請告訴我們你的說法

＿＿＿＿＿＿

你一定有不同凡響的閱讀嗜好，請告訴我們：

□ 哲學　□ 心理學　□ 宗教　□ 自然生態　□ 流行趨勢　□ 醫療保健

□ 財經企管　□ 史地　□ 傳記　□ 文學　□ 散文　□ 原住民

□ 小說　□ 親子叢書　□ 休閒旅遊 □ 其他 ＿＿＿＿＿＿

一切的對談，都希望能夠彼此了解，否則溝通便無意義。

當然，如果你不把意見寄回來，我們也沒「轍」！

但是，都已經這樣掏心掏肺了，你還在猶豫什麼呢？

請說出對本書的其他意見：

大田出版有限公司編輯部 感謝您！